산 루이스 레이의 다리

산 루이스 레이의 다리

The Bridge of San Luis Rey

손턴 와일더 장편소설

정해영 옮김

신형철 해제

클레이하우스
CLAYHOUSE

일러두기 _____

- 이 책은 2021년 하퍼콜린스 출판그룹의 HARPER PERENNIAL MODERN CLASSICS EDITION을 번역한 판본이다.
- 주석은 모두 옮긴이의 주다.
- 책 제목, 지도명은 『』로, 연극명, 찬송가명은 〈〉로 묶었다.
- 본문 중 고딕체는 원서에서 이탤릭체로 강조한 부분이다.
- 인명·지명은 원칙적으로 외래어표기법을 따르되 한국에서 굳어져 있는 이름인 경우 자연스럽게 읽힐 수 있도록 관용적인 표기를 따랐다.

나의 어머니에게

목
차

어쩌면 우연

우리는 우연히 살고 우연히 죽는 것일까,
아니면 계획에 의해 살고
계획에 의해 죽는 것일까.

1714년 7월 20일 금요일 정오, 페루에서 가장 멋진 다리가 무너지며 다섯 명의 여행자가 그 아래의 골짜기로 추락했다. 이 다리는 리마와 쿠스코를 잇는 큰길에 놓여 있었고, 매일 수백 명의 사람들이 건넜다. 사람들은 리마에 방문한 지인을 이끌고 와서, 백 년도 더 전에 잉카인들이 고리버들을 엮어 만든 이 다리를 구경시키곤 했다. 사실 다리라고 해 봐야 사다리처럼 엮은 얇은 판자 위에 마른 포도덩굴 난간을 달아 놓은 것에 불과했다. 걸을 때마다 다리는 협곡 위에서 출렁거렸다.

말과 마차는 수십 미터 아래로 내려가 뗏목을 타고 좁

은 급류를 건너야 했지만, 사람들은 누구도, 심지어 총독이나 리마 대주교마저도 짐들과 함께 아래로 내려가지 않고, 이 유명한 산 루이스 레이의 다리를 건너는 쪽을 택했다. 성왕(聖王) 루이 9세*의 이름과 흙으로 지은 건너편 작은 성당이 그 다리를 보호해 준다고 여겼다. 다리는 영원히 지속될 것처럼 보였고, 무너진다는 것은 상상조차 할 수 없었다. 그 사고에 대해 들었을 때, 어떤 페루 사람들은 성호를 그으며 자신이 가장 최근에 다리를 건넌 것이 언제였는지, 또 얼마나 있다가 다리를 건널 예정이었는지 속으로 계산했다. 정신이 나간 것처럼 중얼거리며 돌아다니거나, 본인이 협곡으로 추락하는 환영을 보는 사람도 있었다.

대성당에서 성대한 장례 미사가 열렸다. 희생자들의 시신이 그런대로 수습되었고, 아름다운 도시 리마에서는 대대적인 반성과 성찰이 있었다. 하녀들은 주인마님에게 훔친 팔찌를 돌려주었고, 고리대금업자들은 제 발 저린 도둑처럼 공연히 아내에게 고리대금업의 정당성을 옹호

---

* 스페인어로 산 루이스 레이는 프랑스의 왕이자 가톨릭 성인이었던 루이 9세 (Saint Louis)를 뜻한다.

하는 열변을 늘어놓았다. 그러나 이 사건이 리마 사람들에게 그토록 깊은 인상을 남긴 것은 좀 이상한 일이었다. 페루에서는 변호사들이 충격적이게도 "신의 행위"라고 표현하는 그런 재앙들이 유난히 잦았다. 해일이 끊임없이 도시를 휩쓸었고, 일주일이 멀다 하고 지진이 발생해서 선량한 사람들 위로 탑이 무너졌다. 질병이 끊임없이 이 지역 저 지역을 덮쳤고, 무정한 세월이 더없이 존경스러운 시민들을 데려가곤 했다. 그러니 페루 사람들이 산 루이스 레이의 다리의 붕괴에 유독 큰 영향을 받은 것은 자못 놀라운 일이었다.

모든 사람이 깊은 인상을 받았지만, 오직 한 사람만이 거기에 대해 뭔가 행동을 취하려 했다. 바로 주니퍼 수사였다. '신의 의도'가 아닌지 의심될 만큼 놀라운 우연의 연속으로, 이 체구가 작고 머리색이 붉은 이탈리아 북부 출신 프란치스코회 수사는 선교 활동을 위해 페루로 왔다가 공교롭게 그 사고를 목격하게 되었다.

때는 무더운 정오였다. 그 치명적인 정오에 산등성이

• 원문은 Acts of God. 보통 불가항력이라고 번역되나, 여기서는 본문의 맥락에 맞게 원문 그대로 번역했다.

에 이르게 된 주니퍼 수사는 잠시 발을 멈추고 이마의 땀을 닦으며 저 멀리 병풍처럼 펼쳐진 눈 덮인 산봉우리와 발밑의 협곡을 바라보았다. 협곡은 마치 짙은 색 깃털처럼 보이는 초록색 나무와 초록색 새로 가득했고, 그 위로 사다리 형태의 고리버들 다리가 가로지르고 있었다. 마음에서 기쁨이 솟아났다. 상황이 나쁘지 않게 풀리고 있었다. 그는 몇몇 버려진 작은 성당을 다시 열었고, 그러자 원주민들이 아침 미사를 위해 성당에 찾아와서는 때로 기적을 경험하고 가슴 벅차게 탄성을 지르곤 했다. 어쩌면 저 앞에 쌓여 있는 하얀 눈에서 뿜어내는 깨끗한 공기 때문이었을까. 혹은 한순간 시편 제121편에 대한 기억이 뇌리를 스쳐, "눈을 들어 나를 돕는 산"을 바라봤기 때문일까. 아무튼 모든 것이 편안하게 느껴졌다. 그때 그의 시선이 다리에 내려앉았다. 그 순간, 마치 사용하지 않는 빈방에서 악기의 현이 툭 하고 끊어지는 듯한 소리가 대기를 채우더니, 갑자기 다리가 끊어지며 허우적대는 개미처럼 보이는 다섯 형체가 그 아래의 골짜기로 내던져졌다.

다른 사람이었다면 내심 안도하며 "십 분만 늦었다면 나도…"라고 혼잣말을 했겠지만, 주니퍼 수사에게는 다른 생각이 떠올랐다. "왜 하필 저 다섯 사람에게 이런 일이 일어난 걸까?" 우주에 어떤 계획이 있다면, 인간의 삶에 어떤 패턴이 있다면, 갑자기 중단된 저들의 삶 속에 숨겨진 불가사의한 무언가를 밝혀낼 수 있을 것이 분명했다. 우리는 우연히 살고 우연히 죽는 것일까, 아니면 계획에 의해 살고 계획에 의해 죽는 것일까. 주니퍼 수사는 그 순간 대기를 가르고 떨어진 그 다섯 명의 숨겨진 삶을 조사하겠다고, 그래서 그들이 그렇게 떠난 이유를 밝혀내겠다고 마음먹었다.

주니퍼 수사에게는 지금이 신학이 정밀과학으로 자리 잡을 수 있는 적기로 보였다. 사실 그는 오래전부터 그렇게 만들겠다고 작정했지만, 그동안은 실험실이 부족했다. 물론 표본이 부족했던 것은 절대 아니었다. 그의 신도들에게 재앙이 덮친 사례는 얼마든지 있었다. 거미에 쏘인 사람과 폐병에 걸린 사람, 집이 불탄 사람, 자식에게 끔찍한 일이 생겨서 정신이 나가버린 사람도 있었다. 그러나 이런 인간의 불행들은 과학적으로 검토하기에 그다지 적합하지 않았다. 거기에는 훗날 훌륭한 학자들이 적절한 대조군이라고 부르는 것이 부족했다. 예를 들어 그런 사고들은 인간의 실수에 의해 일어났거나 어느 정도 개연성의 요소가 있었다. 그러나 산 루이스 레이의 다리의 붕괴는 순전히 '신의 행위'라고 말할 수 있는 불가항력이었다. 그것은 완벽한 실험실을 제공했다. 드디어 순수한 상태에서 신의 의도를 밝혀낼 수 있을 터였다.

만일 이 계획이 주니퍼 수사가 아닌 다른 누구에게서 나왔다면 아마도 절대적인 회의주의의 소산으로 보였을 것이다. 그것은 천국의 길을 걷고 싶어서 거기에 이르기 위해 바벨탑을 쌓은 주제넘은 영혼들의 노력을 닮았다. 그러나 우리의 프란치스코회 수사가 그 실험을 계획했을 때 의심 따위는 추호도 없었다. 그는 이미 답을 알고 있었다. 단지 그 답을 자신이 선교한 사람들에게 역사적, 수학적으로 증명하고 싶을 뿐. 그 불쌍하고 고집 센 사람들은 자신이 겪는 삶의 고통이 자신을 위한 것임을 좀처럼 믿지 않았다. 사람들은 늘 적절하고 견고한 증거를 요구했다. 심지어 이단심문소에서 사람 눈만 보고도 그 생각을 알아차릴 수 있다는 나라에서조차 의심은 인간의 가슴에서 끊임없이 샘솟기 마련이었다.

주니퍼 수사가 그런 방법을 시도하려 한 것이 이번이 처음은 아니었다. 긴 여행 중에(서둘러 가느라 사제복 옷자락을 무릎까지 들어 올리고 이 교구 저 교구를 종종거리며 다니는 와중에) 그는 하느님의 섭리를 정당화하려고 실험하는 몽상에 자주 잠기곤 했다. 예를 들어, 기우제와 그 결과를 철저히 기록한 적이 있었다. 그는 자주 작은 성당 계단에 선 채 기도를 올렸고, 그동안 신도들이 뜨겁게 달궈진 길바닥에서 무릎을 꿇고 있었다. 그는 자주 하늘을 향해 두 팔을 뻗고 기도문을 낭독하며 화려한 의식을 거행했다. 그리고 자주는 아니지만 몇 번은 영험한 힘 같은 것이 자신의 몸으로 들어오는 것을 느꼈고, 지평선에 작은 구름이 형성되는 것을 보기도 했다. 그러나 몇 주가 그냥 지나가는 경우도 숱하게 많았다. 하지만 이런 것을 신경 쓸 이유는 없었다. 어차피 그가 비와 가뭄이 현명하게 배분되었음을 설득하려는 대상은 그 자신이 아니었다.

따라서 다리 붕괴 사고가 일어난 순간 그의 안에서 굳은 결의가 샘솟았다. 그래서 그는 6년 동안 부지런히 발품을 팔았고, 리마에 있는 집이란 집은 죄다 찾아가 수없이 많은 질문을 던졌다. 십여 권의 공책을 채우며 목숨을 잃은 다섯 사람의 삶 하나하나가 완벽하게 온전했다는 것을 입증하려 애썼다. 모두들 그가 그 사고에 대한 일종의 기록물을 준비하고 있다는 사실을 알았고, 모두들 도움이 되기도 했고 동시에 오해를 빚기도 했다. 몇몇 사람들은 그가 하는 활동의 주된 목적까지 알았고, 높은 자리에 있는 후원자들도 있었다.

이렇게 부지런을 떤 결과물은 방대한 책이었다. 나중에 보게 되겠지만, 이 책은 어느 아름다운 봄날 아침 대광장에서 공개적으로 불태워진다. 그러나 비밀 필사본 한권이 존재했는데 오랜 세월이 흐른 뒤 별다른 주목을 받지 못한 채 산마르코 대학 도서관에 흘러 들어오게 된다. 그것은 먼지 덮인 두 개의 커다란 목재 표지 사이에 끼인 채 서가에 놓여 있다. 그 책은 사고 희생자들을 하나하나 다루며 수천 건의 사소한 사실과 일화와 증언을 나열한 뒤, 하느님이 당신의 지혜를 입증하기 위해 왜 하필 그날, 그 사람을 선택했는지를 서술하는 위엄 있는 구절로 결론 맺는다. 그러나 그렇게 부지런히 노력했음에도 불구하고, 주니퍼 수사는 도냐* 마리아가 살면서 가장 간절하게 몰두한 것이 무엇인지 결코 알지 못했다. 피오 아저씨에 대해서도, 에스테반에 대해서도 마찬가지였다. 그리고 그보다 훨씬 더 많이 안다고 주장하는 나조차도 샘 속에 숨겨진 더 깊은 샘을 놓쳤을 수 있다.

어떤 이들은 우리는 절대 모를 거라고, 신에게 우리는 여름날 사내아이들이 죽이는 파리 같은 존재일 뿐이라고 말하는 반면, 어떤 이들은 하느님이 손가락으로 쓸어내지 않는 한, 참새의 깃털 하나도 그냥 빠지지 않는다고 말한다.

• 스페인어를 쓰는 나라에서는 여성의 이름 앞에 '도냐', 남성의 이름 앞에는 '돈'이라는 경칭을 붙인다.

몬테마요르 후작 부인

그녀는 결국 자신이 딸을 위해서가 아니라
자기 자신을 위해 딸을 사랑한다는 것도
알고 있었기 때문이다.

오늘날 스페인의 학생이라면 누구나 도냐 마리아 몬테마요르 후작 부인에 관하여, 주니퍼 수사가 수년에 걸친 연구에서 발견했던 것보다 더 많은 것을 알아야 마땅하다. 그녀가 죽은 뒤 채 백 년도 못 되어 그녀가 쓴 편지들은 스페인 문학의 기념비적 작품이 되었고, 그녀의 생애와 그녀가 살았던 시대는 오랜 연구 대상이 되었다. 그러나 그녀의 전기 작가들도 프란치스코회 수사 주니퍼만큼이나 (다른 방향으로) 큰 오류를 범했다. 그들은 그녀에게 과도한 품격을 덧씌웠고, 그녀의 편지에서 드러난 넘쳐나는 아름다움을 그녀의 삶과 인격 자체에 불어넣으려 했다. 그러나 이 놀라운 여인의 진짜 모습을 알려면, 우선 그녀의 위신을 떨어뜨리고 모든 아름다움을 벗겨 내는 것에서 시작해야 한다. 단 한 가지 아름다움은 제외하고 말이다.

그녀는 광장에서 엎드리면 코 닿을 거리에 살면서 리마 사람들의 돈과 미움을 독차지했던 포목상의 딸이었다. 그녀의 어린 시절은 불행했다. 그녀는 못생긴 데다 말을 더듬었고, 그녀의 어머니는 딸을 자극해 사교적인 매력을 끌어낸답시고 비꼬는 말로 못살게 굴었다. 그야말로 보석 장신구를 온몸에 갑옷처럼 두른 채 억지로 시내를 돌아다니게 했다. 그녀는 혼자 살고 혼자 생각했다. 많은 구혼자가 나타났지만, 그녀는 최대한 오랫동안 시대적 규범과 싸우며 독신으로 남기로 작정했다. 두 모녀가 서로를 비난하고 소리치고 문을 쾅 닫는 히스테릭한 장면이 자주 연출되었다. 그녀가 스물여섯 살이 되었을 때 마침내 거만한 태도의 몰락한 귀족과 결혼이라는 굴레에 갇히게 된다. 리마 대성당은 하객들의 비웃음으로 소란스러웠다.

결혼 후에도 혼자 살고 혼자 생각하는 것은 전과 다를 바 없었고, 예쁜 딸이 태어나자 맹목적인 숭배에 가까운 사랑을 쏟아부었다. 그러나 어린 클라라는 아빠를 쏙 빼닮아 냉정하고 이지적이었다. 클라라는 여덟 살의 나이에 태연하게 엄마의 말투를 지적하더니, 이제 기겁하고 혐오하는 눈빛으로 엄마를 보았다. 그녀는 움찔해서 온순하고 비굴한 태도를 취했지만, 그러면서도 신경질적인 관심과 피곤한 사랑으로 도냐 클라라를 못살게 굴지 않을 수 없었다. 또다시 서로를 비난하고 소리치고 문을 쾅 닫는 장면이 연출되었다. 도냐 클라라는 여러 혼처 가운데 자신이 스페인으로 가야 하는 쪽을 의도적으로 선택했다. 그래서 결국 편지 답장을 받으려면 6개월이나 걸리는 스페인 땅으로 떠나 버렸다.

페루에서는 긴 여행을 떠나기 전에 거행하는 고별식이 성당의 정식 의식 중 하나였다. 배에 축복을 빈 후 배가 해안에서 멀어질 때 양쪽 사람들이 모두 무릎을 꿇고 찬송가를 불렀는데, 사방이 트인 공간인지라 노랫소리는 어김없이 약하고 희미했다. 도냐 클라라는 감탄스러울 정도로 침착하게 어머니를 남겨둔 채 출항했고, 도냐 마리아는 손으로 가슴과 입을 번갈아 누르며 멀어져 가는 눈부신 배를 망연자실 바라보았다. 고요한 태평양과 그 위에 늘 가만히 걸려 있는 거대한 진줏빛 구름이 눈물에 흐릿해지며 줄무늬가 생겼다.

리마에 홀로 남겨진 후작 부인의 삶은 점점 더 내면으로 침잠했다. 그녀는 갈수록 옷차림에 신경 쓰지 않았고 외로운 사람들이 으레 그렇듯 남의 귀에 들리도록 혼잣말을 했다. 그녀는 오직 불타는 자기 마음 안에서만 살고 있는 것 같았다. 그 단계에서는 모녀가 끝없는 대화와 불가능한 화해를 거듭하며, 후회와 용서의 장면들이 끊임없이 반복되었다. 거리에서 이 늙은 여인을 마주치면, 붉은색 가발이 한쪽 귀까지 삐딱하게 내려와 있고, 왼쪽 뺨은 나병환자처럼 곪아 있으며, 오른쪽 뺨은 그것을 가린답시고 볼연지를 덕지덕지 바른 모습을 볼 수 있었다. 그녀는 턱이 마를 날이 없었고, 입술도 가만히 있질 못했다. 리마는 괴짜들의 도시였지만, 그곳에서도 그녀는 거리에서 마차를 타거나 발을 끌며 성당 계단을 오를 때마다 사람들의 조롱거리가 되었다. 사람들은 늘 그녀가 술에 취해 있다고 생각했다. 게다가 더 나쁜 소문도 돌았고, 그녀를 감금해야 한다는 탄원까지 있었다. 그녀는 세 번이나 이단심문소에 고발되었다. 만약 그녀의 사위가 스페인에서 영향력 있는 인물이 아니었거나, 어쩌다 친분을 쌓게 된 몇몇 정계 인사들이 그녀가 본디 성격이 특이한 사람인 데다 광범위한 독서를 한다는 점 때문에 그녀를 이해하고 참아 주지 않았다면, 그녀는 화형을 당했을지도 모른다.

모녀의 갈등은 돈과 관련된 오해로 더욱 심해졌다. 백작 부인이 된 도냐 클라라는 어머니에게 후한 용돈과 선물을 자주 받았다. 그녀는 곧 스페인 궁정에서 지성과 재력을 겸비한 여인으로 눈에 띄게 되었다. 페루의 재산을 다 쏟아부어도 그녀가 원하는 호화로운 생활을 유지하기엔 부족했을 것이다. 얄궂게도 그녀의 사치는 그녀의 가장 큰 장점에서 비롯되었다. 그녀는 친구와 하인과 도시의 모든 흥미로운 사람들을 식솔처럼 생각했다. 사실 그녀가 친절을 베풀지 않는 사람은 이 세상에 단 한 명뿐인 것 같았다. 그녀가 후원한 사람 중에는 지도 제작자 데 블라시스도 있었다(그의 『신세계 지도』는 몬테마요르 후작 부인에게 바쳐졌는데, "도시 전체에서 찬양받는 대상이요, 서방의 떠오르는 태양"이라고 후작 부인을 묘사함으로써 리마에 있는 총독궁 사람들에게 큰 빈축을 샀다). 또 한 사람은 과학자 아수아리우스인데, 그의 수리학 법칙에 대한 논문은 선동적이라는 이유로 이단심문소에 의해 금서로 지정되었다. 10년 동안 백작 부인은 그야말로 스페인의 모든 예술과 과학을 후원했다. 그 시기에 후대가 기억할 만한 어떤 성과도 산출되지 못했지만, 그것이 그녀의 탓은 아니었다.

도냐 클라라가 페루를 떠나고 4년 뒤, 도냐 마리아는 유럽 방문을 허가받았다. 양측 모두 그 방문을 고대하며 자책감에서 우러나온 각오를 다졌다. 한쪽은 인내심을 갖겠다는, 다른 한쪽은 감정 표출을 자제하겠다는 각오였다. 그러나 둘 다 실패하고 말았다. 둘은 서로를 괴롭혔고, 자책과 분노의 폭발을 번갈아 겪느라 실성할 지경이었다. 마침내 도냐 마리아는 어느 날 동트기 전 새벽, 딸이 잠들어 있는 침실 문에 입을 맞추고는 배를 타고 아메리카 대륙으로 돌아왔다. 이제부터는 편지 쓰기로 직접 나눌 수 없는 모든 애정을 대신해야 했다.

이 요지경 같은 세상에서 그녀의 편지는 학생들에게는 교과서가 되고, 문법학자들에게는 끝없는 연구 대상이 되었다. 도냐 마리아는 천재성을 타고나지 않았더라도, 어떻게든 그것을 만들어 냈을 것이다. 모녀간의 애정을 위해, 멀리 떨어져 있는 자식의 관심, 어쩌면 존경마저 받는 것이 그녀에겐 너무나 절실했기 때문이다. 그녀는 우스운 얘깃거리를 모으기 위해 억지로라도 사교계에 나갔고, 관찰하는 눈을 길렀다. 그녀는 모국어로 된 걸작들을 읽으며 그 표현이 불러일으키는 효과를 탐구했고, 말솜씨로 유명한 사람들이 모이는 곳에 교묘하게 끼어들곤 했다. 밤이면 밤마다 바로크풍 대저택에서 기막히게 훌륭한 편지를 쓰고 또 썼다. 절망적인 마음에서 비롯된 기적적인 재치와 우아함을 뽐낸 그 편지들은 가히 총독궁 연대기의 정수라고 할 만한 것이었다. 그러나 오늘날 우리가 알고 있는 것처럼, 그녀의 딸은 편지를 거의 거들떠보지도 않았다. 그 편지들을 보존할 수 있었던 것은 순전히 그녀의 사위 덕분이었다.

후작 부인이 자신의 편지가 불후의 명작으로 남았다는 사실을 안다면 아마 깜짝 놀랄 것이다. 그러나 많은 비평가는 고도의 예술적 기교가 엿보이는 문장들을 가리키며 그녀가 어느 정도 후대에 읽힐 것을 의식하며 편지를 썼다고 의심했다. 그들에게는 대중을 매혹하기 위해 대부분의 예술가들이 쏟는 노고를 도냐 마리아가 오직 딸의 감탄을 자아내기 위해 쏟았다는 것이 도저히 믿기지 않았다. 그녀의 사위가 그랬듯, 그들은 그녀를 오해한 것이다. 백작은 그녀의 편지를 읽는 것을 아주 좋아했다. 그러나 그가 즐긴 것은 문체였고, 그것만으로 편지의 모든 풍부함과 의도를 파악했다고 생각했다. 그리하여 그는 (대부분의 독자와 마찬가지로) '마음의 기록'이라는 문학의 목적 자체를 놓치고 말았다. 문체는 쓰디쓴 액체를 담아 세상에 권하는 하찮은 그릇에 불과하다. 후작 부인이 자신의 편지가 아주 훌륭하다는 것을 알았다면 매우 놀랐을 것이다. 훌륭한 작품을 쓰는 작가들은 항상 고결한 마음 상태로 살아가고, 우리에게 특별해 보이는 작품이 그들에겐 그저 평범한 일상과 다름없을 테니 말이다.

그런데 이 사람은 그저 몇 시간이고 발코니에 앉아 있는 늙은 여인이었다. 그럴 때면 그녀가 쓴 볼품없는 밀짚모자가 주름진 누런 얼굴에 자주색 그림자를 드리웠다. 그녀는 보석 반지를 낀 손으로 종잇장을 넘기면서, 거의 재미 삼아 자주 자문하곤 했다. 혹시 끝없이 느껴지는 이 고통이 아예 심장에 자리를 잡은 건 아닌지. 솜씨 좋은 의사라면 부서진 왕좌 같은 심장을 절개하다가 마침내 어떤 흔적을 발견하지 않을까. 그러고는 고개를 들어 계단식 강의실에 앉아 있는 학생들에게 이렇게 외치는 것이다. "이 여인은 그동안 몹시 고통받았고, 그 고통이 심장에 자국을 남겼습니다." 이런 생각이 워낙 자주 들어 하루는 그런 이야기를 편지에 썼는데, 그녀의 딸은 엄마가 지나치게 내면에 집착하고 슬픔을 종교처럼 숭배한다며 나무랐다.

마치 파도가 해안 절벽을 침식하듯, 자신의 사랑은 결코 보답받지 못하리라는 인식이 그녀의 생각에 영향을 미쳤다. 제일 먼저 종교적 믿음이 사라졌다. 그녀가 신 또는 불멸의 존재에게 청할 수 있는 거라곤 '딸이 어머니를 사랑하는 장소'라는 선물뿐이었기 때문이다. 천국의 다른 속성들은 그녀에게 별로 값진 것이 아니었다. 다음으로 그녀는 주변 사람들의 진실성을 믿지 못하게 되었다. 내심 (자신을 제외한) 누군가가 다른 누군가를 진정으로 사랑할 수 있다는 것을 믿을 수 없었다. 모든 가족이 쓸데없이 관습적인 분위기 속에 살았고, 서로에게 입을 맞출 때도 속으로는 무관심했다. 그녀가 볼 때 세상 사람들은 이기주의의 갑옷을 입고 있었다. 자신의 이미지에 취해 칭찬을 갈망하고, 남의 말을 거의 듣지 않았으며, 가장 친한 친구에게 일어난 사고에도 마음이 꿈적하지 않았다. 그들은 자기 욕망과의 오랜 교감을 방해할 모든 요청을 두려워했다. 이것이 중국에서 페루에 이르기까지, 모든 아담의 아들과 딸의 모습이었다.

발코니에 앉아 여기까지 생각이 미칠 때면, 그녀는 부끄러움에 입술을 오므렸다. 그녀는 자신도 죄인임을 알고 있었다. 딸에 대한 자신의 사랑이 온갖 색깔의 사랑을 포함할 만큼 광대했지만, 그 안에 폭압적인 그림자도 없진 않았으며, 결국 자신이 딸을 위해서가 아니라 자기 자신을 위해 딸을 사랑한다는 것도 알고 있었기 때문이다. 그녀는 이 비열한 굴레에서 벗어나길 갈망했지만, 딸에 대한 열정이 너무나 강렬해서 감당할 수 없었다. 녹색 발코니에 있는 동안, 이 이상한 싸움이 흉물스러운 늙은 여인을 뒤흔들어 놓곤 했다. 딸을 지배하고 싶은 유혹에 맞서는 싸움이었는데, 애초에 그녀는 이 유혹에 넘어갈 기회조차 없었으므로 참으로 무용한 싸움에 불과했다. 딸의 강력한 의지로 모녀가 4천 마일이나 떨어져 있는 마당에 어떻게 그녀가 딸을 지배할 수 있겠는가? 그럼에도 도냐 마리아는 유혹의 유령과 씨름했고 매번 패배했다. 그녀는 자기 자신을 위해 딸을 원했고, 딸이 "엄마는 이 세상에

존재하는 최고의 엄마예요"라고 말하는 것을, "용서해 주
세요"라고 속삭이는 것을 간절히 듣고 싶었다.

  스페인에서 돌아온 뒤 2년쯤 지났을 때, 후작 부인의
내면세계에 대해 많은 것을 말해 주는 일련의 사소한 사
건들이 있었다. 대부분의 편지에는 그런 사건들이 어렴풋
이 암시만 되어 있지만, 22번 편지에서는 조금 다른 흔적
도 엿볼 수 있으므로, 편지의 첫 부분을 최선을 다해 번역
하고 해설해 보겠다.

  스페인에는 의사가 없는 거니? 너를 돌봐주던 플랑드
  르에서 온 그 훌륭하신 의사들은 다 어디로 간 거니?
  오, 내 보물. 그렇게 여러 주 동안 감기를 방치해 앓아
  누워 있다니, 너를 어떻게 혼내줘야 할까? 돈 비센테,
  간청하건대 내 딸이 철 좀 들게 해 주게나. 하늘의 천
  사들이시여, 간청하건대 제 딸이 철 좀 들게 해 주소
  서. 이제 네가 좀 나아졌으니 네게도 부탁한다. 감기
  기운이 조금이라도 느껴지면, 따뜻한 물로 찜질하고
  잠자리에 들거라. 나는 이곳 페루에 있으니 할 수 있
  는 게 없구나. 제멋대로 굴지 말거라, 내 딸아. 너에게

행운이 깃들기를. 오늘 소포에는 산 토마스의 수녀들이 방문 판매하는 나무 진액을 동봉한다. 큰 도움이 될지는 모르겠다만, 적어도 해롭지는 않을 거야. 수녀원에서 어리석은 수녀들이 그것을 너무 부지런히 흡입한 탓에 미사에서 향냄새도 맡지 못한다고들 하더라. 가치가 있는지 어떤지 모르겠지만 한번 써보렴.

그녀의 딸은 전에 아래와 같은 편지를 써서 보냈다.

보내주신 목걸이를 왕자님의 세례식 때 하고 갔어요. 어머니가 보내신 거라고 말씀드리자 폐하께서는 자애롭게도 감탄하시며 어머니의 안목에 대한 칭찬의 말씀을 전하셨습니다. 꼭 폐하께 최대한 비슷한 것을 보내주세요. 시종을 통해 즉시요.

이 말에 그녀는 다음과 같이 답했다.

안심해도 돼, 사랑하는 내 딸. 국왕 폐하께 완벽한 금목걸이를 보낸다. 목걸이를 손에 넣기 위해 그림 속

으로 걸어 들어가야 했다는 걸 폐하께서 아실 필요는
없겠지. 산 마르틴 수도원의 성물 안치소에 벨라스케
스가 그린 초상화가 있다는 것 기억하니? 그 그림에
는 수도원을 세운 총독과 그의 아내, 그리고 그들의
아이가 그려져 있는데, 총독의 아내가 금목걸이를 하
고 있어. 나는 꼭 그 목걸이여야 한다고 마음먹었단
다. 그래서 어느 날 자정에 성물 안치소에 몰래 들어
갔어. 덮개 덮인 탁자 위를 열두 살 어린아이처럼 기
어올라 그림 속으로 걸어 들어갔단다. 캔버스가 한
동안 저항했지만, 화가 자신이 물감을 뚫고 나와 나
를 들어 올려 주었지. 나는 스페인에서 가장 아름다
운 여자가 세상에서 가장 자애로운 왕을 위해, 찾을
수 있는 가장 훌륭한 금목걸이를 선물하고 싶어 한다
고 말했어. 그렇게 간단했지. 거기 서서 우리 넷은 이
야기를 나누었단다. 벨라스케스 특유의 회색과 은빛
이 감도는 분위기 속에서 말이야. 지금 나는 더욱 찬
란한 금빛에 대해 생각하고 있단다. 계속 총독궁을
보면서 말이야. 오늘 저녁은 티치아노의 그림 속에서
보내야겠어. 그런데 총독께서 허락하실까?

그런데 총독 각하께서는 또 통풍을 앓고 계신단다. 내가 '또'라고 말하는 이유는 궁정의 아첨꾼들이 각하가 통풍을 앓지 않는 때도 있다고 주장하기 때문이지. 산 마르코 축일에 각하는 스물두 명의 새로운 박사가 배출되는 대학 졸업식에 방문하기 위해 밖으로 나오셨단다. 그런데 각하가 침상에서 마차로 자리를 옮기자마자 비명을 지르며 더는 못 가겠다고 하셨지. 그래서 각하는 다시 침대로 옮겨졌고, 거기서 맛 좋은 시가 한 개를 부러뜨린 뒤, 페리촐레를 불러오라고 했단다. 그리고 우리가 긴 교리 같은 연설을 라틴어로 듣는 동안, 각하는 리마에서 가장 빨갛고 가장 잔인한 입술에서 나오는, 우리에 관한 온갖 뒷얘기를 스페인어로 들으신 거지.

도냐 마리아는 딸이 지난 편지에서 아래와 같이 썼는데도 이런 내용을 쓴 것이었다.

편지 쓸 때 제발 말조심 좀 하라고 얼마나 더 얘기해야 해요? 편지를 배달하는 도중에 누군가 열어본 흔적이 있단 말이에요. 무슨 말인지 아시겠지만 쿠스코의 상황에 대한 어머니의 언사는 무분별하기 그지없어요. 비센테가 추신에 그런 말들에 대해 칭찬했지만, 사실 하나도 재미없어요. 게다가 그로 인해 이곳 스페인에 있는 우리가 특정한 사람들과 큰 문제를 빚게 될 수도 있다고요. 그렇게 무분별하게 행동하시는데도 어머니가 이렇게 오랫동안 농장으로 은퇴하라는 명령을 받지 않은 게 오히려 놀라울 따름이에요.

도냐 마리아의 편지는 계속 이어졌다.

졸업식에서 사람들이 북새통을 이루는 통에 여자 두 명이 발코니에서 떨어졌는데, 자비로운 하느님께서 그들이 도냐 메르세드 위로 떨어지게 하셨단다. 세 명 모두 크게 다쳤지만, 아마 1년 안엔 다른 것들을 걱정하게 될 거야. 사고 당시 총장은 연설을 하고 있었는데, 시력이 나빠서 갑작스러운 비명과 소란과 추락의 소동이 대체 무슨 일 때문인지 상상도 할 수 없었지. 그래서 자신에게 박수갈채가 쏟아지는 거라고 착각하고 고개 숙여 인사하는 모습이 무척 우스꽝스러웠단다.

페리촐레와 박수갈채 얘기가 나왔으니 말인데, 페피타와 나는 이날 저녁에 연극을 보러 갔단다. 대중들은 페리촐레를 여전히 우상화하지. 심지어 그녀의 세월까지 용서한단다. 듣자 하니 그 여자는 매일 아침 뺨에 차가운 막대와 뜨거운 막대를 번갈아 문질러 가능한 한 젊음을 유지하려 한다는구나.

스페인어의 현란함을 담은 이 기발한 비유를 제대로 번역하기엔 한계가 있다. 어쨌거나 이것은 딸을 우쭐하게 만들려는 발언일 뿐 사실이 아니었다. 그 위대한 여배우는 당시 스물여덟 살이었고, 뺨이 매끈하고 노란색 대리석처럼 윤기가 있었으며 여러 해가 지나도 그런 특징이 유지될 것이 분명했다. 공연 때 필요한 화장을 제외하면 카밀라 페리촐레가 할 수 있었던 얼굴 관리는 시골 아낙이 말 여물통에 물을 붓듯 하루 두 번 얼굴에 찬물을 끼얹는 것이 고작이었다.

그 여자 옆에는 사람들이 피오 아저씨라고 부르는 신기한 남자가 항상 붙어 있지. 돈 루비오는 피오 아저씨가 그 여자의 아버지인지 연인인지 혹은 아들인지 모르겠다고 하더구나. 페리촐레는 멋진 공연을 했단다. 나를 멍청한 시골뜨기라고 욕해도 좋지만, 스페인에는 그런 배우가 없을 거야.

이런 식으로 편지는 계속된다.

이 극장 방문에서 다른 문제가 발생한다. 후작 부인은 아구스틴 모레토의 〈미리 파둔 함정(Trampa Adelante)〉을 보러 가기로 했다. 페리촐레가 도냐 레오노르 역으로 출연하는 연극이다. 그녀는 이 방문에서 딸에게 쓸 다음 편지의 소재를 찾을 수 있을 거라 기대했다. 그녀는 극장에 페피타를 데려갔는데, 이 어린 소녀에 대해서는 나중에 좀 더 자세히 살펴보게 될 것이다. 도냐 마리아는 산타마리아 로사 데 라스 로사스 수녀원 부속 고아원에서 이 소녀를 말벗으로 데려왔다. 후작 부인은 칸막이 좌석에서 빛나는 무대를 보며 앉아 있었는데, 집중력이 점점 떨어지고 있었다.

  막간에는 페리촐레가 커튼 앞에 나타나, 우아한 귀부
인의 역할을 잠시 내려놓고 풍자적인 노래를 부르는 관
례가 있었다. 이 악의적인 여배우는 후작 부인이 앉아 있
는 것을 보고, 그녀의 외모와 탐욕, 술에 취한 모습, 심지
어 딸이 달아난 사실까지 암시하는 노래를 즉석에서 지어
불렀다. 관객의 관심이 은연중에 그 늙은 여인에게 향했
고, 관객의 웃음에 경멸의 웅얼거림이 더해졌다. 그러나
후작 부인은 연극의 처음 두 막에 깊이 감명 받은 나머지,
눈앞에서 노래하고 있는 페리촐레는 거의 보지 않은 채
스페인에 대해 생각했다. 카밀라 페리촐레는 더욱 대담해
졌고, 군중의 혐오와 환희로 분위기가 더 달아올랐다. 마
침내 페피타가 후작 부인의 소매를 잡아끌며 그만 가자고
속삭였다. 그들이 자리를 떠나자, 관객은 일어서서 승리
의 함성을 터뜨렸다. 페리촐레는 몸을 날려 미친 듯 춤을
추었다. 극장 뒤쪽에 있는 지배인을 보고 자신의 급료가
인상될 거라고 확신했기 때문이다. 그러나 후작 부인은
여전히 상황 파악이 전혀 안 되었다. 사실 그녀는 극장에
있는 동안 아주 절묘한 문장들을 생각해 냈기에 만족스러

웠다. 그 문장들이 딸의 얼굴에 미소를 번지게 하고 딸의 입에서 "정말이지 우리 어머니는 너무 멋져"라는 말이 나오게 할지 누가 알겠는가.

오래지 않아 어떤 귀족이 극장에서 대놓고 모욕당했다는 보고가 총독의 귀에 들어갔다. 그는 페리촐레를 궁으로 소환하여 후작 부인에게 사과하라고 명령했다. 검은 드레스를 입고 맨발로 방문해야 했다. 카밀라는 반발하며 이의를 제기했지만, 그녀가 얻어낸 것이라고는 신발 한 켤레뿐이었다.

총독에게는 고집을 꺾지 말아야 할 세 가지 이유가 있었다. 첫째, 페리촐레는 그런 노래를 부름으로써 건방지게 자신의 궁정에 무례를 범한 것이었다. 돈 안드레스는 타향살이를 견딜 만한 것으로 만들기 위해, 달리 생각할 것이 없는 사람만이 기억할 수 있을 만한 복잡한 의례를 만들어 냈다. 그는 작은 귀족 사회와 그 사회의 사소한 특별함을 소중하게 다루었고, 따라서 후작 부인에 대한 모욕은 자신에 대한 모욕이기도 했다. 둘째, 도냐 마리아의 사위는 스페인에서 점점 중요해지고 있는 인물로, 총독에게 타격을 줄 가능성, 아니, 아예 총독을 쫓아내고 그 자리를 차지할 가능성까지 있었다. 무슨 일이 있어도 비센테 다부이레 백작의 심기를 건드리면 안 되었다. 그의 얼빠진 장모 때문이라도 말이다. 마지막으로, 총독은 그 여배우를 겸허하게 만드는 것이 기뻤다. 그는 그녀가 자신을 기만하고 투우사나 배우와 놀아나고 있다고 의심했다. 부하들의 아첨이 심하고 통풍으로 활발하게 움직이지 못하는 탓에 상대가 누구인지는 알아내지 못했다. 여하튼 페리촐레가 자신이 세상 최고의 남자라는 사실을 잊기 시작했다고 확신했다.

후작 부인은 악의적인 노래를 듣지 못한 데다 다른 이유로도 여배우의 방문에 대처할 준비가 되어 있지 않았다. 딸이 떠난 뒤 도냐 마리아는 우연히 일종의 위안을 찾았다. 술에 의존하게 된 것이다. 페루에서는 누구나 치차•를 마셨고 축제일에 인사불성이 된다 해도 특별한 망신거리가 아니었다. 도냐 마리아는 잔뜩 흥분해 혼잣말을 하다가 밤을 꼴딱 새우기가 일쑤라는 사실을 슬슬 깨닫고 있었다. 한번은 잠자리에 들기 전에 세로로 홈이 새겨진 우

• 발효한 옥수수로 만드는 맥주 비슷한 술. 주로 중남미에서 마신다.

아한 유리잔에 치차를 한가득 부어 마셨다. 그런데 의식이 희미해지는 것이 너무도 달콤해서 이제는 더 많은 양을 몰래 마시고는 취기를 페피타에게 감추려 했다. 몸이 좋지 않다고 암시하거나 기력이 쇠해진다고 둘러댔다. 그러다가 마침내 모든 가식을 버렸다. 그녀의 편지를 스페인으로 실어 나르는 배는 한 달에 한 번 이상 출항하지 않았다. 소포 꾸러미를 꾸리기 한 주 전에는 엄격하게 규칙적인 생활을 지켰고, 편지의 소재를 찾기 위해 부지런히 사람들과 교류했다. 마침내 우편물을 보내기 전날 밤이 되면 동틀 녘까지 편지를 쓰고 꾸러미를 꾸려 우편물 취급자에게 전달하라며 페피타에게 맡겼다. 그런 다음 해가 떠오를 때가 되면, 다시 술병과 함께 방에 틀어박혔고, 다음 두어 주 동안은 아무 생각 없이 되는 대로 지냈다. 그러다 또 이런 행복한 상태에서 빠져나와 다음 편지를 쓰기 위한 '훈련' 상태에 돌입했다.

극장 스캔들이 있던 다음 날 밤에도 그녀는 22번 편지를 쓴 뒤 술병을 들고 침실로 들어갔다. 다음 날 페피타는 온종일 방안을 서성이며 침대 위의 그녀를 걱정스러운 눈으로 힐끗 쳐다봤다. 그다음 날 오후에는 아예 바느질감을 챙겨 그 방으로 갔다. 후작 부인은 눈을 크게 뜨고 천장을 응시하며 혼잣말을 하고 있었다. 황혼이 가까워질 무렵 페피타는 페리촐레가 마님을 만나러 문 앞에 왔다는 전갈을 들었다. 페피타는 극장에서의 일을 똑똑히 기억했기에 잔뜩 성이 나서 마님이 만나고 싶어 하지 않는다고 답했다. 하인은 그 말을 전하기 위해 대문으로 나갔지만, 곧 주눅이 든 얼굴로 돌아와 말했다. "세뇨라* 페리촐레가 총독의 편지를 들고 왔습니다. 그 편지에는 그녀를 마님께 정식으로 소개한다는 내용이 담겨 있다고 합니다."

페피타는 발끝으로 살금살금 침대까지 걸어가서 후작 부인에게 사정을 이야기했다. 흐리멍덩한 눈이 소녀의 얼굴을 향했다. 페피타가 그녀를 살살 흔들었다. 도냐 마리아는 페피타의 말에 집중하려고 무진 애를 썼지만, 그 말이 무슨 의미인지 파악하기를 포기한 듯 두 번이나 다시 드러누웠다. 그러나 마침내 폭우 속에서 야밤에 흩어졌던 군대를 다시 집합시키는 장군처럼, 그녀는 흩어진 기억과 주의력과 정신력을 겨우 다시 불러 모았다. 그리고 힘

* 성인 여성을 예의 있게 부르는 스페인어 존칭.

겹게 손으로 이마를 짚으며, 눈 한 사발을 가져오라고 했다. 눈 사발을 대령하자, 그녀는 꾸벅꾸벅 졸면서도 눈을 한 움큼씩 쥐어 관자놀이와 뺨에 한참을 갖다 댔다. 그러고는 일어나 침대에 기대어 선 채 오랫동안 자기 발을 내려다봤다. 그리고 마침내 결연하게 고개를 들고는 모피 망토와 베일을 가져오라고 했다. 그녀는 격식을 갖춰 그것들을 몸에 두르고 여배우가 기다리고 있는 더없이 멋진 응접실로 비틀비틀 걸어갔다.

카밀라는 형식적으로 행동하려 했고 가능하면 무례하게 굴 생각도 있었지만, 이 늙은 여인의 위엄에 처음으로 깊은 인상을 받았다. 포목상의 딸인 이 여인은 가끔은 몬테마요르 가문 특유의 기품을 보였고, 술에 취했을 때도 헤카베* 같은 위풍당당함을 풍겼다. 반쯤 감은 눈은 지친 권력자의 모습을 보여주는 듯했다. 카밀라는 거의 주눅이 들기 시작했다.

"세뇨라, 영광스럽게도 마님께서 제 극장을 찾아 주신 날 저녁, 혹시라도 제가 했던 말을 오해하실까 두려워 이

---

* 그리스 신화에 등장하는 트로이의 왕 프리아모스의 아내.

렇게 찾아왔습니다."

"오해? 무슨 오해 말이죠?" 후작 부인이 말했다.

"마님께서 오해하시고 제 말이 마님을 욕되게 하려는 의도라고 생각하실까 걱정됩니다."

"나를 욕되게 한다고?"

"소인 때문에 기분이 상하지 않으셨나요? 저 같은 위치의 가여운 여배우는 가끔 의도와 다르게 행동할 때가 있다는 걸 마님께서는 헤아리고 계시는군요. 그러니까 모든 것이…, 참 어렵고…."

"어떻게 내가 기분이 상할 수 있겠어요, 세뇨라? 내가 기억할 수 있는 건 그대의 아름다운 공연뿐이거늘. 그대는 훌륭한 예술가예요. 그러니 행복해야 해요. 행복해야 해. 페피타, 내 손수건 좀…."

후작 부인은 아주 빠르고 모호하게 말을 쏟아 냈지만, 페리촐레는 어리둥절했다. 날카로운 수치심에 휩싸였다. 얼굴이 새빨개졌다. 그녀는 마침내 웅얼웅얼 말할 수 있었다.

"연극의 막간에 노래를 부를 때였습니다. 제가 두려웠던 것은 혹시 마님께서…."

"그래, 그래. 이제 기억나네. 내가 좀 일찍 나왔지. 페피타, 우리가 일찍 나왔어, 안 그래? 하지만 세뇨라, 그대는 내가 일찍 나온 것을 용서할 만큼 마음씨가 곱구려. 심지어 그렇게 감탄할 만한 공연 중이었는데 말이야. 우리가 왜 일찍 나왔더라, 페피타? 아, 몸이 좀 안 좋았었지…."

극장에 있던 사람이라면 누구라도 노래의 의도를 알아차리지 못할 수 없었다. 카밀라는 후작 부인이 엄청난 너그러움으로 일부러 눈치채지 못한 척 연기를 하고 있다고 생각했다. 그녀는 거의 눈물을 쏟을 지경이었다.

"저의 유치함을 눈감아 주실 정도로 훌륭하신 분이군요, 세뇨라. 아니, 마님. 저는 몰랐습니다. 저는 마님이 이렇게 훌륭하신 분인 줄 몰랐습니다. 부디 제가 마님의 손에 입을 맞추도록 허락해 주십시오."

도냐 마리아는 어리둥절해서 손을 내밀었다. 그녀는 오랫동안 자신에게 이토록 경의를 표하며 다가오는 사람을 보지 못했다. 그녀의 이웃과 일꾼과 하인 중에 누구도 그녀에게 다가온 사람이 없었다. 그녀를 경외하는 페피타마저도 그랬다. 그녀의 딸도 마찬가지였다. 그것이 그녀에게 새로운 기분을 불러일으켰다. 감상적이라고 말할 수 있는 기분이었다. 그녀는 갑자기 수다스러워졌다.

"그대에게 기분이 상하다니, 기분이 상하다니…. 재능 있는 딸 같은 사람에게? 내가 뭐라고, 현명하지 못하고 사랑받지 못하는 늙은이가 어떻게 그대에게 기분이 상한단 말이오. 내 딸 같은 사람…. 그 시인이 뭐라고 했더라? 아, 구름을 통해 천사들의 대화를 뜻밖에 엿듣는다고 했죠? 내가 딱 그런 기분이었어요. 그대의 목소리는 모레토의 작품에서 새로운 경이로움을 계속 발굴해 내더군요."

돈 후안, 만약 당신이 내 사랑을 소중히 여긴다면,
또 확고한 믿음이 어리석음이라고 생각한다면,
내 걱정에 그렇게 화를 내는 것은
내가 현명해지는 것을 원치 않기 때문이군요.
그렇지 않나요?

"그대가 이렇게 말했을 때, 그건 진짜였어. 그리고 〈첫날〉의 마지막 부분에서 당신의 몸짓은 또 어떻고! 당신이 손으로 이렇게 한 거 말이에요. 동정녀 마리아가 천사 가브리엘에게 '어떻게 제가 아기를 가지는 것이 가능한

가요?'라고 말했을 때 했을 법한 몸짓이더군요. 아니, 아니. 그대는 이제 나를 원망하겠죠. 그대가 언젠가 떠올리고 써먹을지도 모를 몸짓에 대해 내가 말하려 했으니까요. 그래요, 그건 당신이 돈 후안 데 라라를 용서하는 장면에 딱이에요. 언젠가 내 딸이 그런 몸짓을 하는 걸 봤다고 당신에게 말해야 할 것 같아요. 내 딸은 아주 예뻐요. 다들 그렇게 생각하죠. 혹시 내 딸 도냐 클라라를 아시나요, 세뇨라?"

"영광스럽게도 백작 부인께서 종종 제 극장을 찾아 주셔서 뵌 적이 있어요."

"그렇게 한쪽 무릎을 꿇고 있지 말아요. 페피타, 헤나리토에게 일러 이 숙녀분께 당장 달콤한 케이크 좀 내와. 뭣 때문인지는 잊어버렸지만, 언제부턴가 우리 사이가 틀어졌어요. 아, 그거야 이상할 게 없지요. 우리 엄마들은 때때로…. 이봐요, 좀 더 가까이 와줄래요? 내 딸이 내게 박정하다는 사람들 말을 믿으면 안 돼요. 그대는 아름다운 심성을 가진 훌륭한 여인이니 이 문제에 대해 사람들이 보는 것보다 더 멀리 볼 수 있겠지. 그대와 이야기를 나누는 것이 즐겁네요. 그대의 머리칼은 참으로 아름답구려! 정말 멋진 머리칼이에요! 그 아이가 따뜻하고 다감한 성격은 아니지요. 나도 그건 알아요. 하지만, 아, 내 딸은 상당한 지성과 우아함을 지니고 있답니다. 그리고 우리 둘 사이의 모든 오해는 순전히 내 탓인데, 그 애가 그렇게 빨리 나를 용서한다는 게 정말 놀랍지 않나요? 한번은 이런 적도 있었어요. 우리 둘 다 경솔한 말을 내뱉고는 각자의 방으로 들어갔는데, 둘 다 용서를 구하려고 돌아왔죠. 결국 우리를 가로막고 있는 것은 문 하나뿐이었고, 우리는 문을 반대 방향으로 잡아당기고 있었던 거예요. 하지만 마침내 그 애가… 하얀 두 손으로… 내 얼굴을 감쌌어요. 이렇게….”

후작 부인은 의자에서 거의 떨어질 정도로 몸을 앞으로 숙이고, 행복의 눈물을 흘리며 기쁨에 겨운 몸짓을 했다. 나는 그것을 가상의 몸짓이라고 표현해야겠다. 앞에서 말한 사건은 그녀가 반복해서 꾸는 꿈이었기 때문이다.

“그대가 찾아와 줘서 기뻐요. 덕분에 내 딸이 다른 사람들의 말처럼 내게 박정한 게 아니라는 걸 그대에게 직접 말할 수 있었으니 말이에요. 잘 들어요, 세뇨라. 잘못은 내게 있어요. 나를 좀 보세요. 나를 좀 봐요. 내가 그렇게 아름다운 아이의 엄마가 된 것 자체가 실수였던 거예요. 난 피곤하고 힘든 사람입니다. 그대와 내 딸은 훌륭한 여인이고. 아니, 말리지 말아요. 그대는 보기 드문 여인이고, 나는 그저 신경이 과민하고… 바보 같고… 어리석은 여자일 뿐이죠. 그대의 발에 입 맞추게 해 주세요. 난 참 난감한 여자예요. 난감한 여자요."

여기서 그 늙은 여인은 실제로 의자에서 떨어졌고, 페피타가 일으켜 세워 다시 침대에 눕혔다. 페리촐레는 크게 놀란 채 집으로 걸어가서는 한참 동안 거울 앞에 앉아 양손을 뺨에 대고 자신의 눈을 응시했다.

그러나 후작 부인이 힘든 시간을 보내는 걸 가장 자주 목격한 사람은 그녀의 어린 말벗 페피타였다. 페피타는 고아였고, 리마의 별난 천재인 마리아 델 필라르 수녀원장의 손에 자랐다. 이 페루의 대단한 두 여인이 직접 대면한 적이 딱 한 번 있었는데, 도냐 마리아가 산타 마리아 로사 데 라스 로사스 수녀원장을 찾아와서 고아원에 있는 영리한 소녀를 말벗으로 데려갈 수 있겠냐고 물었을 때였다. 수녀원장은 그 기이한 늙은 여인을 지그시 바라보았다. 세상에서 가장 현명한 사람도 완벽하게 현명할 수는 없는 법이다. 마리아 델 필라르 수녀원장은 어리석음과 반항의 가면 뒤에 감춰진 가련한 인간의 마음을 알아볼 수 있는 사람이었지만, 그때까지 몬테마요르 후작 부인에게 그런 것이 있다고 결코 인정하려 하지 않았다. 그녀는 많은 질문을 하고는 잠시 생각에 잠겼다. 그녀는 페피타가 대저택에서 생활하는 세속적인 경험을 하게 해 주고 싶었다. 그리고 그 늙은 여인을 자신에게 유리하게 이용하고 싶은 마음도 있었다. 그러면서도 자신이 지금 페루에서 가장 부유하면서도 가장 눈먼 여자 중 하나를 보고 있다는 걸 알기에 마음속에 우울한 분노가 차올랐다.

수녀원장은 시대를 너무 앞서간 사상을 받아들인 나머지, 고생길로 접어든 사람이었다. 그녀는 여성들에게 약간의 존엄성을 더해 주고 싶은 열망에 온몸을 바쳐 자신이 살던 시대의 완고함에 맞섰다. 한밤중에 수녀원의 회계 장부 정리를 마치고 나면, 그녀는 여성이 여성을 보호하기 위해 조직화되는 시대에 대한 허무맹랑한 공상에 빠지곤 했다. 떠돌이 여자들, 하녀로 일하는 여자들, 늙거나 병든 여자들, 그녀가 포토시 광산이나 포목도매상 작업실에서 발견한 여자들, 비 내리는 밤에 문간에서 데려온 소녀들을 보호하기 위해서 말이다. 그러나 다음날 아침이면 어김없이 페루의 여자들이, 심지어 자신이 거느린 수녀들조차 두 가지 관념에 빠져 인생을 살아간다는 사실에 직면해야 했다. 하나는 여자들 앞에 닥친 모든 불행이 순전히 부양해 줄 남자를 찾지 못할 만큼 매력적이지 못한 데서 기인한다는 관념이었고, 다른 하나는 세상의 모든 불행은 남자의 손길이 닿아야 해결된다는 관념이었다. 그녀는 리마의 주변 지역 말고는 다른 어떤 곳도 알지 못했고, 리마의 모든 병폐가 인류의 일반적인 상태라고 생각했다. 우리가 사는 시대에서 돌아보면, 그녀의 희망이 얼마나 어리석은 것이었는지 알 수 있다. 그 시대에는 그런 여성 스무 명이 있었다 해도 아무런 영향을 미치지 못했을 것이다. 그러나 그녀는 묵묵히 자신의 임무를 계속했다. 그녀는 달에 닿을 만큼 높은 산을 쌓겠다며 수천 년에 한 번 밀알을 옮기는 우화 속 제비를 닮았다. 그런 사람들은 시대마다 있었다. 그들은 자신만의 밀알을 고집스럽게 옮기며 구경꾼의 코웃음에서 일종의 희열을 느낀다. 우리는 그런 사람들에게 이렇게 소리친다.

"저 사람들 옷 진짜 괴상하게 입었어! 진짜 괴상하게 입었어!"

그녀의 평범하고 붉은 얼굴은 한없이 다정했지만, 다정함을 뛰어넘는 이상주의와 이상주의를 뛰어넘는 장군 같은 면모 또한 엿보였다. 그녀가 운영하는 병원과 고아원과 수녀원, 그리고 구호 활동을 위해 갑작스럽게 떠나는 여행까지, 그녀가 하는 모든 일에는 돈이 필요했다. 그녀는 누구보다 순수한 선량함에 온당하게 감탄할 줄 알았지만, 성당 윗사람들에게 보조금을 얻어 내는 건 너무도 힘든 투쟁이었기에 장군 같은 면모도 필요했다. 이 때문에 다정함과 이상주의의 상당 부분이 희생될 수밖에 없었다. 리마 대주교(이 사람은 나중에 좀 더 고상한 자리에서 또 등장할 것이다)는 본인 입으로 '격렬한 증오'라고 표현할 만큼 그녀를 싫어했으며, 자신이 죽음을 통해 보상받을 수 있는 것으로 그녀의 방문 중단을 꼽을 정도였다.

최근에 그녀는 자신이 늙어가고 있다는 사실을 인식하기 시작했고, 얼굴에 나타난 노화의 징후뿐 아니라 더 심각한 경고를 느꼈다. 오싹한 공포가 전신을 꿰뚫는 느낌이었다. 자신 때문이 아니라 자신이 하는 일 때문이었다.

페루에서 그녀가 소중히 여기는 것을 마찬가지로 소중히 여겨줄 사람이 또 있을까? 그래서 하루는 동틀 녘에 일어나 병원과 수녀원, 고아원을 분주하게 다니며 자신의 후계자로 삼을 만한 누군가를 찾으려 했다. 그녀의 시선이 멍한 얼굴들 사이를 분주히 오갔고, 이따금 확신보다는 혹시나 하는 희망 때문에 잠시 멈춰서기도 했다. 그러다가 뒤뜰에서 침구와 식탁보 따위를 세탁하고 있던 한 무리의 소녀들을 마주쳤다. 그녀의 눈길이 곧바로 열두 살 소녀에게 쏠렸다. 소녀는 물통 옆에서 다른 소녀들에게 이런저런 지시를 내리면서, 동시에 리마의 성녀 로사의 일생에 일어난 놀라운 기적들을 열정적으로 이야기하고 있었다. 그렇게 페피타를 발견함으로써 후계자 물색이 끝났다.

훌륭한 인물을 키워내기 위한 교육은 어디서든 어려운 법이지만, 쉽게 상처받고 쉽게 질투하는 소녀들이 모여 있는 수녀원에서는 특히나 기발하고 간접적인 방식으로 이뤄져야 했다. 페피타는 수녀원에서 가장 인기 없는 임무에 배정되었지만, 그 임무를 수행하면서 수녀원 관리의 모든 측면을 파악할 수 있었다. 또한, 달걀 및 채소 관리자의 자격으로나마 수녀원장의 여행에 동행했다. 그리고 어디서든 수녀원장이 불시에 불쑥 나타나서는 종교적 경험뿐 아니라 여자들을 관리하는 방법이며 전염병동을 설계하는 방법, 돈을 요청하는 방법 등을 몇 시간씩 아주 길게 설명해 주곤 했다. 어느 날 페피타가 도냐 마리아의 집에 가서 말벗 역할을 하는 말도 안 되는 임무를 맡게된 것도 이 후계자 교육의 한 과정이었다. 처음 2년 동안은 가끔 오후에만 갔지만, 결국 저택에 아예 입주하게 되었다. 페피타는 행복을 기대하는 법을 배운 적이 없었고, 자신의 새로운 처지에서 겪는 불편함(공포까지는 아니더라도)도 이 열네 살 소녀에겐 지나친 것처럼 보이지 않았다. 그래서 수녀원장이 여기서도 자신이 사는 곳 주변을 맴돌며 예의 주시하고 있다는 사실을 전혀 알지 못했다. 수녀원장은 페피타가 받을 스트레스가 어느 정도인지 파악하려 했고, 그녀가 감당해야 할 짐의 무게가 그녀를 강인하게 만드는지, 아니면 해를 끼치는지 세심하게 살폈다.

페피타의 시련 중 몇 가지는 육체적인 것이었다. 예를 들어 집안의 하인들은 도냐 마리아의 몸이 불편한 것을 악용했다. 저택의 침실을 친척에게 개방하고 거리낌 없이 도둑질을 했다. 페피타는 혼자서 그들을 막아섰고, 그로 인해 사소한 불편과 장난 같은 괴롭힘을 당했다. 정신적인 괴로움도 있었다. 도냐 마리아와 함께 시내에 볼일을 보러 나갈 때면, 도냐 마리아는 갑자기 성당에 뛰어 들어가고 싶은 충동에 사로잡히곤 했다. 신앙으로서의 종교를 버린 대신, 마법으로서의 종교를 받아들였기 때문이었다.

"얘야, 여기서 햇볕을 쬐고 있으렴. 오래 걸리진 않을 거야."

그녀는 이렇게 말했지만, 재단 앞에서 몽상하느라 얼이 빠진 바람에 성당의 다른 문으로 나가곤 했다. 페피타는 수녀원장에게 거의 병적으로 순종하도록 길러졌다. 그래서 몇 시간이 지나고 조심스럽게 성당 안에 들어가 마님이 그곳에 없다는 걸 확인한 뒤에도 다시 길모퉁이로 돌아와 광장에 서서히 어둠이 내릴 때까지 그녀를 기다렸다. 낯선 사람들이 있는 곳에서 하염없이 기다리면서, 어린 소녀는 자의식의 공격에 시달리며 괴로워했다. 페피타는 여전히 고아원 단체복을 입고 있었고(도냐 마리아가 조금만 배려심이 있었다면 다른 옷을 입게 했을 것이다), 사람들이 자신을 빤히 쳐다보며 수군거리는 망상에 시달렸다.

사실 이것이 항상 망상에 불과했던 것도 아니었다.

심적인 고통도 만만치 않았다. 어떤 날은 도냐 마리아가 페피타의 존재를 인식하고는 다정하고 유머 있게 이야기를 걸었고, 몇 시간 동안 그녀가 쓴 편지들에서 엿볼 수 있는 풍부한 감수성을 여실히 드러냈다. 그러나 다음 날이면 언제 그랬냐는 듯 또다시 자기 안으로 침잠했고, 가혹하다고 할 수는 없지만 인간미 없고 무심한 모습이 되었다. 그럴 때면 페피타에게 그토록 절실했던 희망과 애정은 마음에서 움트자마자 이내 상처 입곤 했다. 페피타는 혼란스러운 마음에 조용히 발끝으로 저택 안을 돌아다니며, 자신을 그곳에 보낸 '하느님이 맺어주신 어머니' 마리아 델 필라르 수녀원장에 대한 충성심과 사명감에만 매달렸다.

마침내 후작 부인과 그 말벗의 삶에 지대한 영향을 미치게 될 새로운 사건이 발생했다. 어느 날 백작 부인에게서 편지가 왔다.

사랑하는 어머니, 날씨가 사람을 참 지치게 하네요.

정원에 피어난 꽃들과 난초 때문에 더욱더 힘들게만 느껴집니다. 향기만 없다면 그럭저럭 꽃을 견딜 수 있었을 텐데요. 그래서 드리는 말씀인데, 오늘은 평소보다 짧게 편지를 써야 할 것 같아요. 우편물이 출발하기 전에 비센테가 돌아온다면, 그 사람이 기꺼이 편지지를 넘겨받아 어머니가 좋아할 만한 저에 대한 따분한 이야기를 상세히 전할 거예요. 저는 이번 가을에 가려 했던 프로방스의 그리냥에 가지 못할 것 같아요. 10월 초에 아기가 태어날 예정이거든요.

아기라고? 후작 부인은 벽에 기댔다. 도냐 클라라는 이 소식이 어머니의 마음속에 잠재된 피곤한 집요함을 깨어나게 할 것을 예견하고 일부러 아무 일 아니라는 듯 말해 그것을 완화하려 했다. 그러나 그 책략은 성공하지 못했다. 그 답장이 그 유명한 42번 편지였다.

오랜만에 후작 부인은 노심초사할 일이 생겼다. 이제 곧 자기 딸이 엄마가 되는 것이었다. 도냐 클라라에게는 따분한 일일 뿐인 이 사건은 후작 부인에게 전혀 새로운 차원의 감정을 불러일으켰다. 그녀는 의학 지식과 조언의 보고가 되었다. 시내를 샅샅이 뒤져서 현명한 노파들을 찾아다녔고, 그렇게 알아낸 신대륙의 온갖 민간요법을 편지에 쏟아냈다. 또한 해괴한 미신에 빠져 딸을 보호한답시고 온갖 수치스러운 금기를 실행했다. 그녀는 집 안에서 일체의 매듭을 금지했다. 하녀들이 머리를 묶는 것조차 금지되었다. 그녀는 순산의 상징이라는 터무니없는 물건을 남몰래 몸에 지니고 다녔다. 또한 짝수 계단에 빨간색 분필로 표시를 해 놓았다. 실수로 짝수 계단을 밟은 하녀가 울부짖으며 집 밖으로 쫓겨나기도 했다. 그녀는 자신의 아이들이 무서운 장난을 칠 권리를 가진 악의적인 자연의 손안에 있다고 믿었다. 여러 세대에 걸쳐 많은 촌부들이 효험이 있다고 생각한, 자연을 달래는 의식이 있었다. 그렇게 많은 목격자가 있는 것을 보면, 분명 어느 정도는 진실인 것으로 보였다. 적어도 시도해서 해로울 것은 없었고, '어쩌면' 도움이 될지도 모를 일이었다. 그러나 후작 부인은 이교도의 의식만 행한 것이 아니었다. 기독교의 처방에도 몰두했다. 그녀는 캄캄할 때 일어나 비틀비틀 길을 걸어 가장 이른 시간에 열리는 미사에 참석했다. 발작적으로 제단의 난간을 끌어안고는, 화려한 조각

상들에서 희미한 미소나 은밀한 끄덕임 같은 어떤 신호라
도 찾아내려 했다.

"다 잘 될까요? 자애로우신 어머니, 다 잘 될까요?"

때로는 온종일 그런 기도와 탄원에 미친 듯 매달리다
가 돌연 환멸에 휩싸이곤 했다. 자연은 귀머거리다. 신은
무심하다. 인간의 능력으로는 절대 섭리를 바꿀 수 없다.
그러다가 절망감이 현기증을 불러오면, 아무 길모퉁이에
서 발을 멈추고 벽에 몸을 기댄 채 계획 따윈 없는 이 세
상을 어서 하직하기를 갈망했다. 그러나 곧 그녀의 본성
깊은 곳에서는 '그래도 혹시 모르지' 하는 믿음이 솟구쳤
다. 그러면 그 길로 집으로 달려와서는 딸이 쓰던 침대 위
에 놓인 양초들을 새것으로 바꾸곤 했다.

마침내, 이 중요한 순간을 앞둔 페루의 가정에서 행하
는, 최고의 의식을 수행할 때가 되었다. 그녀는 산타 마리
아 데 클루삼부쿠아 성지로 순례를 떠났다. 만일 기도의
효험이라는 것이 있다면, 이 위대한 성지에서 하는 것보
다 더 확실한 건 없었다. 그 땅은 세 종교가 모두 신성시하
는 곳이었다. 심지어 잉카 문명 이전에도 마음이 어수선
해진 인간들은 자신이 바라는 걸 하늘에 빌기 위해 그곳

에서 바위를 끌어안고 자기 몸에 스스로 채찍질을 했다. 후작 부인은 가마를 탄 채로 산 루이스 레이의 다리를 건너고 산길을 올라 클루삼부쿠아에 도달했다. 그곳은 여자들이 큼지막한 허리띠를 두른 도시, 사람들이 천천히 움직이고 천천히 미소 짓는 평화로운 도시, 수많은 분수로 흘러 들어가는 차가운 샘물처럼 맑고 투명한 공기를 자랑하는 도시, 은은한 종소리들이 음악처럼 조화를 이루며 경쟁하듯 서로 주거니 받거니 행복한 대화를 이어가는 도시였다. 혹시 클루삼부쿠아에 실망스러운 점이 있더라도, 안데스 산맥의 압도적인 존재와 골목길 곳곳에 조용한 기쁨을 불러일으키는 날씨를 만끽하면 그런 불만쯤은 슬그머니 누그러지고 말았다. 후작 부인은 높은 산 중턱에 자리한 이 도시의 하얀 성벽이 멀리서 보이자마자, 묵주를 돌리던 손가락을 멈췄고, 두려움을 달래기 위해 기도하느라 분주했던 입술도 멈췄다.

그녀는 숙소에 들르지도 않고, 체류를 위해 필요한 모든 준비를 페피타에게 맡긴 후 성당으로 직행했다. 도착해서는 무릎을 꿇고 손바닥을 맞댄 채 손뼉 치듯 살살 손가락을 두드리며 한참을 앉아 있었다. 그녀는 마음속에서 새롭게 일고 있는 체념의 물결에 귀 기울였다. 어쩌면 그녀는 마침내 자신의 딸과 신들이 알아서 자기 일을 처리하도록 놔두는 법을 배우게 될 것이다. 누비옷을 입은 노파들이 양초와 메달을 팔며 새벽부터 밤까지 돈 애기를 속닥거리는 것도 거슬리지 않았다. 심지어 거들먹거리는 성물 관리인이 이런저런 이유로 돈을 뜯어내려 하고, 바닥 타일을 보수한다는 구실로 자리를 바꿔 달라고 심술을 부려도 심란해지지 않았다. 이제 그녀는 햇빛 속에 나와 분수대 계단에 앉았다. 그리고 천천히 정원을 한 바퀴 돌고 있는 병자들의 작은 행렬을 지켜보았다. 요동치듯 하늘을 나는 세 마리 매도 지켜보았다. 분수대 옆에서 놀던 아이들이 잠시 그녀를 빤히 쳐다보다가 겁먹은 듯 도망쳤다. 그러나 라마 한 마리가 그녀 가까이 다가와 쓰다듬어 달라는 듯 갈라진 벨벳 같은 코를 내밀었다. 길고 우아한 목의 이 암컷은 무거운 털 망토가 버거운 듯한 모습으로 끝없이 이어지는 계단을 조심조심 내려온 후였다. 라마는 주변 사람들에게 관심이 아주 많았고, 심지어 자신이 그들 중 하나인 것처럼 행동했다. 또 목소리를 높여 미약하나마 도움이 될 만한 의견이라도 낼 것처럼, 사람들이 대화할 때 고개를 들이밀었다. 곧 도냐 마리아는 암컷 라마들에게 둘러싸였다. 그들은 그녀에게 왜 그렇게 손뼉을 치는지, 얼굴을 가린 베일의 가격이 얼마인지 묻기라도 할 것 같았다.

도냐 마리아는 혹시 스페인에서 보낸 편지가 도착하면 즉시 자신에게 가져오도록 일러두었다. 그녀는 리마에서 이곳까지 천천히 왔고, 그래서 광장에 앉아 있을 때 마침 그녀의 농장에서 일하는 소년이 달려와 큼직한 소포를 건네주었다. 소포는 양피지에 싸여 있었고 봉인한 밀랍 덩어리가 덜렁거렸다. 그녀는 천천히 포장을 풀었다. 그러고 나서 침착하고 절제된 손놀림으로, 사위가 보낸 다정하고 익살스러운 편지를 먼저 읽은 다음 딸의 편지로 넘어갔다. 딸의 편지는 비록 표현은 그럴싸했으나 상처를 주는 말들로 가득했다. 어쩌면 순전히 고통을 주기 위해 교묘하게 기교를 부린 것이 아닐까 싶었다. 문구 하나하나가 후작 부인의 눈으로 들어가서 이해와 용서로 조심스럽게 포장된 다음 가슴에 스며들었다. 마침내 그녀는 일어나, 동정하는 듯한 라마들을 부드럽게 쫓아내고 진지한 얼굴로 성지로 돌아갔다.

도냐 마리아가 성당과 광장에서 늦은 오후를 보내는 동안, 페피타는 남아서 숙소를 정리했다. 짐꾼들에게 커다란 고리버들 바구니를 내려놓을 장소를 알려주고, 재단이며 화로, 태피스트리, 도냐 클라라의 초상화 따위를 꺼내 놓기 시작했다. 그리고 부엌으로 내려가 후작 부인이 주식으로 먹을 특정한 죽을 준비하는 방법을 조리사에게 정확히 알려 주었다. 그런 다음 방으로 돌아와서 기다렸다. 페피타는 수녀원장에게 편지를 쓰기로 마음먹었다. 그런데 깃펜을 손에 든 채 떨리는 입술로 먼 곳을 응시하며 한참을 망설였다. 빡빡 문질러 씻은 것처럼 불그레한 마리아 델 필라르 수녀원장의 얼굴과 경이로운 검은 눈이 보였다. 수녀원장의 목소리도 들렸다. 저녁 식사가 끝나고 (고아들이 눈을 내리깔고 두 손을 포개고 앉아 있는 동안) 그날 있었던 일을 이야기할 때나, 촛불 켜진 병원 침상들 사이에서 그날 밤의 명상 주제를 알려줄 때의 목소리였다. 그러나 페피타가 무엇보다 가장 선명하게 기억하는 것은 수녀원장이 (마음이 급한 나머지 페피타가 좀 더 나이가 들 때까지 기다려 주지 않고) 페피타의 임무에 대한 대화를 시도했을 때였다.

수녀원장은 동등한 상대를 대하듯 페피타에게 말했다.
그런 식의 이야기는 영특한 아이에게 고민과 흥분을 동시
에 안겨주는 법인데, 마리아 델 필라르 수녀원장은 그 방
식을 남용했다. 그녀는 페피타에게 어떻게 느끼고 어떻게
행동해야 하는지에 대해 더 넓은 시각을 갖도록 만들었
다. 그 나이의 소녀에게는 버거운 일이었다. 그녀는 제우
스가 세멜레*에게 그런 것처럼, 경솔하게도 그 소녀에게
이글이글 불타는 자기 모습을 고스란히 노출하고 말았다.
페피타는 자신의 부족함을 느끼고 겁을 먹었지만, 두려움
을 숨긴 채 울었다. 수녀원장은 이 소녀를 길고 고독한 훈
련 속에 던져 넣었고, 페피타는 자신이 버려졌다고 믿지
않으려 안간힘을 썼다. 그리고 이제 고도가 높아서 머리
가 어지러울 지경인 이 이상한 산중의 이 이상한 여관에
서, 페피타는 친애하는 존재, 자기 삶에서 유일하게 실재
하는 존재가 그리웠다.
　　그녀는 여기저기 잉크 얼룩을 묻히며 두서없이 편지를

* 그리스 신화에 나오는 테바이의 왕 카드모스의 딸로, 제우스의 총애를 받는
것을 질투한 헤라의 꼬임에 넘어가 제우스에게 본모습을 보여 달라고 해 강렬
한 빛에 불타 죽었다.

썼다. 그런 다음, 아래층으로 내려가 새 숯을 준비하고 죽의 맛을 보았다. 후작 부인이 들어와서 탁자 앞에 앉았다.

"이제 내가 할 수 있는 건 더 없어. 될 대로 되라지." 그녀가 속삭였다.

그녀는 목에서 부적을 풀어 타오르는 화로에 던졌다. 기도를 지나치게 많이 해서 오히려 신의 반감을 산 것 같은 이상한 기분이 들었고, 그래서 이제 간접적으로 신에게 말했다.

"어차피 제 맘대로 되는 일이 아닙니다. 이제는 저에게 약간의 영향력이라도 있다고 생각하지 않을 거예요. 될 대로 되라지요."

그녀는 손바닥을 뺨에 대고 한참을 멍하니 앉아 있었다. 그녀의 눈이 페피타의 편지로 쏠렸다. 그녀는 기계적으로 편지를 펼쳐 읽기 시작했다. 절반을 다 읽은 뒤에야 어느 정도 정신이 들어 편지의 내용을 인식하게 되었다.

…하지만 원장님이 저를 예뻐해 주시고 제가 마님과 함께 있길 바라신다면, 이건 아무것도 아닙니다. 이런 말씀드려도 될지 모르겠지만, 이따금 못된 시녀들이

저를 방에 가두고 물건을 훔칩니다. 어쩌면 마님은 제가 훔쳤다고 생각하실지도 모르겠어요. 그렇지 않기만을 바랄 뿐입니다. 건강히 잘 지내시고 병원이나 다른 어느 곳에도 아무런 문제가 없기를 바랍니다. 비록 뵙지는 못하지만 저는 항상 원장님을 생각하고 있고, 원장님이 제게 하신 말씀을 기억합니다. 친애하는 하느님이 맺어주신 어머니, 저는 원장님이 원하시는 일만 하고 싶습니다. 하지만 혹시 며칠만 저를 수녀원으로 돌아가게 해 주실 수 있을까요? 하지만 원장님께서 원치 않으신다면 그러지 않아도 괜찮습니다. 하지만 저는 얘기할 상대도 없이 혼자 지낼 때가 너무 많습니다. 가끔은 수녀원장님이 저를 잊으신 게 아닌가 하는 생각도 듭니다. 혹시 저를 위해 짬을 내서 짧은 편지라도 써 주실 수 있다면, 저는 그 편지를 소중히 간직할 것입니다. 하지만 얼마나 바쁘신 줄 알기에….

도냐 마리아는 더 이상 읽지 않고 편지를 접어 옆으로 치워 두었다. 잠시 그녀의 마음은 부러움으로 가득했다.

자신도 이 수녀처럼 누군가의 영혼을 완전하게 사로잡기를 갈망했다. 그리고 무엇보다, 자신이 늘 짊어지고 다니는 자존심과 허영의 짐을 벗어 던지고 다시금 이런 단순한 사랑에 빠지고 싶었다. 심란한 마음을 잠재우기 위해, 기도서를 집어 들고 문장에 집중하려 했다. 그러나 잠시 후 갑자기 편지를 다 읽어야겠다는, 그리고 가능하다면 크나큰 행복의 비밀을 알아내야겠다는 충동을 느꼈다.

그 순간 페피타가 양손에 저녁 식사를 들고 돌아왔고, 하녀 한 명이 그 뒤를 따랐다. 도냐 마리아는 기도서 너머로 마치 천국에서 온 손님을 보듯 페피타를 바라보았다. 페피타는 발끝으로 걸어 다니며 탁자에 음식을 차리고 조수에게 소곤소곤 지시를 내렸다.

"식사 준비가 되었습니다, 마님." 마침내 그녀가 말했다.

"얘야, 너도 함께 먹을 거지?" 리마에서는 보통 둘이 함께 식사를 했다.

"마님이 피곤하실 것 같아서 저는 아래층에서 저녁을 먹었습니다."

'나와 함께 식사하고 싶지 않은 게로군. 이 아이는 나를 잘 알고 있고, 그래서 거부하는 거야.' 후작 부인이 생각했다.

"드시는 동안 제가 책을 읽어드릴까요?" 페피타가 아차 싫어서 물었다.

"아니다. 원한다면 그만 네 방에 가서 쉬어도 좋아."

"감사합니다, 마님."

도냐 마리아는 일어나서 음식이 차려진 탁자로 다가갔다. 그리고 한 손으로 의자 등받이를 잡고 머뭇머뭇 말했다.

"얘야, 아침에 편지를 리마로 보낼 참인데, 혹시 너도 보낼 편지가 있으면 동봉해도 좋아."

"아니, 없습니다." 페피타가 말했다. 그러고는 급하게 덧붙였다. "아래로 내려가서 새 숯을 가져와야겠어요."

"하지만 얘야, 넌 보낼 편지가 있잖아…. 마리아 델 필라르 수녀원장님 앞으로. 안 그래?"

페피타는 화롯불을 뒤적거리며 바쁜 척하며 말했다.

"아뇨, 보내지 않을 생각입니다."

긴 침묵이 뒤따랐고, 페피타는 후작 부인이 당황한 얼굴로 자신을 물끄러미 보고 있다는 것을 인식했다.

"마음이 바뀌었어요."

"수녀원장님이 네 편지를 받으시면 좋아하실 게다, 페피타. 그분이 행복해하실 거야. 내가 알아."

페피타는 얼굴이 빨개져서는 큰 소리로 말했다.

"여관 주인이 어두워지면 새 숯이 준비될 거라고 했어요. 지금 가져오라고 하겠습니다."

하지만 황급하게 그 늙은 여인을 흘긋 봤을 때, 그녀가 여전히 몹시 슬프고 궁금한 눈으로 자신을 지켜보고 있음을 알아차렸다. 페피타는 이것이 남에게 말할 문제가 아니라고 생각했지만, 이 이상한 여인이 이 문제에 너무 연연하는 것 같아 한 번만 더 대답하기로 했다.

"아니에요, 그건 나쁜 편지입니다. 좋은 편지가 아니에요."

도냐 마리아는 헉 하고 숨을 쉬었다.

"이런, 페피타. 내 생각엔 아주 아름다운 편지 같은데. 내 말을 믿으렴. 내가 알아. 아니야, 아니야. 왜 그게 나쁜 편지라는 거니?"

페피타가 이 대화를 끝낼 만한 말을 찾느라 얼굴을 찌푸렸다.

"그 편지는… 그 편지는… 용감하지 못했어요."

페피타는 이렇게 말하고 더는 아무 말도 하지 않았다.
그녀는 편지를 자기 방으로 가져가 북북 찢어 버렸다. 그
런 다음 침대에 누워 어둠 속을 응시했다. 아직도 그런 식
으로 얘기한 것 때문에 마음이 편치 않았다.

도냐 마리아는 어리둥절한 상태로 음식이 차려진 탁자
앞에 앉았다. 그녀는 인생에서든 사랑에서든 용기를 낸
적이 없었다. 그녀는 자신의 마음 구석구석을 자세히 살
펴보았다. 부적과 묵주와 술에 취한 자신의 모습을 생각
했다. 그리고 딸을 생각했다. 노골적인 대화와 근거 없는
경멸, 때가 좋지 않은 확신, 무시하고 배척하는 비난의 잔
해가 가득한 오랜 모녀 관계를 떠올렸다(그날 그녀는 미친
듯 화가 났던 것이 틀림없었다. 자신이 탁자를 쾅쾅 두드렸던 것
이 기억났다).

"하지만 그건 내 잘못이 아냐." 그녀가 소리쳤다. "내가
그렇게 된 건 내 잘못이 아냐. 다 환경 탓이야. 내가 양육
된 방식이 문제였어. 내일부터는 새 인생을 시작할 거야.
두고 보렴, 내 딸아."

마침내 그녀는 탁자를 치우고 앉아 본인이 '첫 번째 편
지'라고 칭한 편지를 썼다. 비록 철자를 틀려가며 더듬더

듬 써 내려갔지만, 처음으로 용기 내어 쓴 편지였다. 그녀는 지난번 편지를 떠올리며 수치심을 느꼈다. 딸에게 자신을 얼마나 사랑하는지 애처롭게 물었던 것, 그리고 최근 딸이 마지못해 몇 마디 쓴 애정 표현을 탐욕스럽게 인용했던 것을 떠올리니 얼굴이 화끈거렸다. 그 편지들을 취소할 수는 없는 노릇이지만, 이제는 자유롭고 너그러운 마음으로 새로운 편지를 쓸 수 있었다. 다른 누구도 그 편지를 더듬더듬 쓴 편지라고 생각하지 않았다. 그것은 사랑에 관한 불후의 구절로, 백과전서파에 의해 제2의 고린도전서*라고 불리는 그 유명한 56번 편지였다.

"우리가 살면서 만나는 수천 명의 사람 중에 내 딸은….."

그녀가 편지를 다 쓴 것은 거의 동틀 무렵이었다. 그녀는 발코니 문을 열어 안데스 산맥 위에 반짝이는, 쏟아지듯 많은 별을 바라보았다. 듣는 사람은 별로 없었지만, 밤 시간 내내 하늘 전체가 이 별자리들의 노래로 시끄러웠다. 그녀는 촛불을 들고 옆방으로 가서 잠자는 페피타를

* 사도 바울이 고린도 교회의 신자들에게 보낸 첫 번째 편지로, '사랑은 언제나 오래 참고…'로 시작되는 유명한 구절(제13장)이 포함되어 있다.

내려다보았다. 그리고 소녀의 얼굴에 붙어 있는 축축하게
젖은 머리칼을 쓸어 넘겨주었다.

"이제 나도 사는 것같이 살 거야. 다시 시작할 거야." 그
녀가 속삭였다.

이틀 뒤 그들은 다시 리마를 향해 출발했다. 그리고 산
루이스 레이의 다리를 건너는 도중에 우리가 아는 그 사
고가 그들을 덮쳤다.

에스테반

이제 그는 사랑에 관한
돌이킬 수 없는 비밀을 발견했다.
가장 완벽한 사랑에서조차
한쪽이 다른 한쪽을 덜 사랑한다는 것이었다.

어느 날 아침 산타 마리아 로사 데 라스 로사스 수녀원 문 앞에서 쌍둥이 형제가 누워 있는 바구니가 발견되었다. 유모가 도착하기도 전에 쌍둥이들 이름이 정해졌지만, 일반적인 사람들과 달리 그들에게는 이름이 유용하지 않았다. 누구도 두 아기를 구분할 수 없었기 때문이었다. 부모가 누구인지 알 길이 없었지만, 형제가 성장하면서 꼿꼿한 자세와 조용하고 경건한 모습을 눈여겨본 리마의 호사가들은 그들이 카스티야인이라고 단정하며, 문간에 카스티야 문장이 있는 온갖 집들에 그들을 갖다 붙였다. 세상에서 쌍둥이 형제의 보호자에 가장 가까운 사람은 수녀원장이었다. 마리아 델 필라르 수녀원장은 남자라면 질색했지만, 마누엘과 에스테반만큼은 좋아했다. 그래서 늦은 오후가 되면 형제를 사무실로 불러들였고 부엌에서 케이크를 내오게 했다. 그런 다음 엘 시드*와 유다 마카베오**, 그리고 아를르캥***의 서른여섯 가지 불행에 관한 이야기를 들려주었다. 그녀는 어린 형제를 너무도 사랑한 나머지, 자기도 모르게 그들의 찌푸린 까만 눈을 들여다보며 그들이 어른이 되었을 때 나타날지도 모를 특징들(세상을 끔찍한 곳으로 만드는 추악함과 무감각함)이 혹시라도 생겨나지는 않았는지 살피곤 했다. 쌍둥이 형제는 수녀원 주변에서 자랐고, 헌신적인 수녀들에게 그들의 존재가 살짝 불편해질 나이가 됐을 때쯤 그곳을 떠나게 되었다.

그때부터는 시내에 있는 모든 성물 보관실에 막연하게 소속되어 생활했다. 모든 수도원의 울타리를 다듬고, 가능한 모든 십자가상에 윤을 냈으며, 1년에 한 번은 거의 모든 성당 천장을 젖은 걸레로 닦았다. 그들을 모르는 리

---

* 11세기경 기독교 수호를 위해 무어인들과 싸운 스페인의 영웅.
** 헬레니즘 시대의 유대인 지도자.
*** 이탈리아 즉흥극에서 유래한 광대 캐릭터. 프랑스 풍자극에서도 자주 등장한다.

마 사람은 한 명도 없었다. 사제가 귀중한 짐을 들고 부랴부랴 거리를 가로질러 병실로 들어갈 때면, 에스테반이나 마누엘 중 하나가 사제 뒤에서 향로를 흔들며 성큼성큼 따라가는 것이 보였다. 그러나 좀 더 나이가 들면서 그들은 성직자 생활에 열의를 보이지 않았고, 점차 필경사 일을 하게 되었다. 신대륙에는 인쇄기가 별로 없었고, 형제는 곧 극장을 위한 연극 대본과 대중을 위한 유행가, 상인을 위한 광고를 필사하여 제법 괜찮은 돈벌이를 했다. 무엇보다 그들은 성가대 지휘자의 필경사로 모랄레스와 빅토리아의 모테트*를 끝없이 필사했다.

그들은 가족이 없고 쌍둥이였기에, 그리고 여자들 손에 자라 말수가 없었다. 그리고 서로 닮은 것에 묘한 수치심을 느꼈다. 그들은 똑같은 생김새가 끊임없는 얘깃거리와 농담거리가 되는 세상에서 살아야 했다. 그들은 그것이 조금도 재미있지 않았고, 둔감한 인내심으로 끝없는 농지거리를 견뎌내야 했다. 처음 말을 배울 무렵부터 그들은 자신들만의 비밀 언어를 고안했다. 어휘는 물론이고

• 성경 문구에 곡을 붙인 무반주 성악곡.

문법도 스페인어에 거의 의존하지 않는 언어였다. 보통은 단둘이 있을 때만 그 언어를 썼지만, 아주 가끔 스트레스를 받는 상황에서는 남들이 있을 때도 그 언어로 소곤소곤 말하곤 했다.

리마 대주교는 어느 정도 언어학자에 가까운 사람이었다. 그는 방언들을 조금씩 연구했고, 심지어 라틴어에서 스페인어로, 스페인어에서 중남미식 스페인어로 자음과 모음이 어떻게 변환되는지를 보여주는 표까지 제법 훌륭하게 만들어 냈다. 그는 세고비아 외곽에 있는 자신의 땅으로 돌아가 즐거운 노후를 보낼 계획이었는데, 그때를 대비하여 진귀한 옛날이야기를 모아 기록하고 있었다. 그래서 어느 날 쌍둥이 형제의 비밀 언어에 관한 소문을 들었을 때, 깃펜을 다듬어 놓고 사람을 보내 그들을 불러왔다. 그가 소년들에게서 비밀 언어로 빵, 나무, 본다, 보았다를 어떻게 표현하는지 알아내려 애쓰는 동안, 소년들은 그의 서재에 깔린 값비싼 카펫 위에 치욕스러운 심정으로 서 있었다. 이 경험이 자신들에게 왜 그렇게 끔찍했는지 그 이유는 몰랐지만, 아무튼 마음이 몹시 아팠다. 대주교가 질문할 때마다 충격을 받은 듯 긴 침묵이 뒤따랐고, 그러다가 마침내 둘 중 하나가 웅얼웅얼 답하곤 했다. 대주교는 한동안 그들이 그저 자신의 지위와 호화로운 저택에 주눅이 들어서 그런다고 생각했지만, 마침내 더 깊이 꺼리는 마음이 있다는 것을 깨닫고는 적잖이 당황하여 불편한 마음으로 그들을 돌려보냈다.

쌍둥이의 비밀 언어는 둘 사이의 깊은 일체감의 상징이었다. 클루삼부쿠아의 여관에서 보낸 그날 밤 몬테마요르 후작 부인이 겪은 심적인 변화를 체념이라는 말로 온전히 표현할 수 없듯이, 이 형제가 거의 수치스럽게 느끼는 암묵적인 일체감 역시 사랑이라는 말로는 온전히 표현할 수 없었다. 서로 몇 마디밖에 나누지 않고, 그 몇 마디도 순전히 의식주와 관련된 것일 뿐인데, 이게 대체 무슨 관계란 말인가? 심지어 둘은 서로를 흘끔 보는 것조차 이상하게 꺼렸다. 절대로 시내에서 함께 다니지 않았고, 같은 일을 보러 나갈 때도 다른 길로 간다는 암묵적인 합의가 있었다. 그러나 이와 동시에 서로를 필요로 하는 마음도 끔찍이 커서, 무더운 날 대기에 축적된 전하가 번개를 만드는 것만큼이나 자연스럽게 기적을 만들어 내곤 했다. 본인들은 잘 인식하지 못했지만, 쌍둥이 형제의 삶 속에서는 텔레파시가 흔히 발생했고, 한 명이 집에 돌아오면 다른 한 명은 몇 골목이나 떨어진 곳에서도 그 사실을 알아챘다.

갑자기 그들은 필사 일이 지겨워졌다. 그래서 바다로 내려가 선박 하역 작업을 하는 일자리를 찾았고, 스스럼없이 원주민들과 함께 일했다. 마차를 몰며 이 지방 저 지방을 돌기도 했다. 과일 따는 일도 했고, 뱃사공으로 일하기도 했다. 그리고 그들은 언제나 조용했다. 그들의 엄숙한 얼굴은 이런 노동으로 인해 한층 남성적이고 집시 같은 분위기를 풍기게 되었다. 그들은 좀처럼 머리를 자르지 않았는데, 짙은 색 엉킨 머리 아래에서 갑자기 놀란 듯 눈을 치켜뜰 때면 조금 음침해 보이기도 했다. 그들에게는 서로를 제외한 모든 세상이 냉담하고 이상하고 적대적으로 느껴졌다.

그러나 마침내 이런 일체감에 처음으로 그림자가 드리워졌다. 여인에 대한 사랑 때문이었다. 그들은 리마로 돌아와서 극장에서 대본을 필사하는 일을 다시 시작했다. 어느 날 밤 극장에 관객이 별로 없을 것을 예견한 지배인이 그들을 무료로 입장시켜 주었다. 소년들은 거기서 본 것이 마음에 들지 않았다. 그들에게 말은 침묵보다 가치가 없는 것이었고, 그중에서도 시는 더욱 가치 없는 형태의 말이었다. 그러니 시와 다름없는 대사들이 얼마나 무용하게 느껴졌겠는가. 명예와 명성과 불꽃 같은 사랑에 대한 모든 암시, 새와 아킬레스와 실론 섬의 보물에 관한 모든 은유가 피곤하기만 했다. 그들의 문학적 소양은 개의 뇌에서 잠시 일어나는 반사 작용보다 나을 게 없는 수준이었지만, 그들은 빛나는 양초와 화려한 의상을 바라보며 인내심 있게 앉아 있었다. 극의 막간에 카밀라 페리촐레가 자신의 배역에서 잠시 벗어나 열두 겹 페티코트를 입고는 커튼 앞에서 춤을 추었다. 사실인지 모르겠으나 에스테반은 필사할 것이 남았다며 일찍 집으로 돌아왔다. 하지만 마누엘은 계속 머물렀다. 페리촐레의 빨간 스타킹과 구두가 둘에게 깊은 인상을 남겼다.

예전에 두 형제는 무대 뒤에 먼지 쌓인 계단을 오르내리며 원고를 전달하거나 받아 갔다. 거기서 더러운 코르셋 차림으로 거울 앞에서 스타킹에 난 구멍을 꿰매고 있는 신경질적인 여자를 봤다. 무대 감독이 그녀의 암기를 돕기 위해 대사를 큰 목소리로 읽어주고 있었다. 그녀의 기막히게 아름다운 눈이 금방이라도 폭발할 듯 소년들을 날카롭게 노려보았지만, 이내 그들이 쌍둥이라는 걸 알아차리고는 재미있다는 듯 인상을 풀었다. 그녀는 즉시 형제를 방으로 끌고 가서 나란히 세우고는 흥미롭다는 표정으로 그들의 얼굴을 구석구석 뜯어보았다. 그리고 마침내 한 손을 에스테반의 어깨에 올리며 소리쳤다. "이쪽이 동생이네!" 벌써 몇 년 전 일이었고, 형제 중 누구도 그 일화를 다시 떠올린 적은 없었다.

그날 이후 마누엘은 일을 나갈 때마다 일부러 극장을 지나쳐 가는 것 같았다. 그리고 늦은 밤이면 분장실 창문 아래 나무들 사이에서 배회하곤 했다. 마누엘이 여자에게 매혹된 것이 처음은 아니었다(두 형제 모두 여자를 만난 적이 있고, 특히 부둣가에서 보낸 시절엔 자주 그랬다. 그저 단순히 즐기는 정도이긴 했지만). 그러나 그의 의지와 상상력이 맥을 못 출 만큼 여자에게 단단히 빠져든 것은 처음이었다. 그래서 사랑과 쾌락을 분리할 수 있는, 단순한 성격의 장점을 잃어버렸다. 이제 쾌락은 음식을 먹는 것처럼 단순하지 않았다. 사랑 때문에 복잡해졌다. 이제 미친 듯 자기 자신을 잃어버리고, 사랑하는 사람에 대한 극적인 생각

외에는 아무것도 안중에 없는 상태에 접어들었다. 열에 들뜬 마음은 온통 페리촐레에게만 향했다. 만일 그녀가 그것을 알아차렸다면, 깜짝 놀라고 혐오감마저 느꼈을 것이다. 이 마누엘의 사랑은 문학을 흉내 내어 생긴 것이 아니었다. 50년 전 프랑스의 한 독설가는 "사랑에 대해 들어보지 못했다면 결코 사랑에 빠지는 일은 없었을 것"이라고 말하기도 했다지만, 그에게는 이런 말이 전혀 해당되지 않았다. 마누엘은 책을 거의 읽지 않았고, (사랑은 헌신이라는 전설이 어느 곳보다 널리 퍼져있는 장소인) 극장에 가본 것도 딱 한 번뿐이었다. 그가 들었을 법한 페루 선술집 노래는 스페인 노래와 달리 이상화된 여성에 대한 낭만적인 숭배를 거의 담고 있지 않았다. 그녀는 아름답고, 부유하고, 피곤할 정도로 재치 있고, 게다가 총독의 정부라고, 마누엘은 스스로에게 되뇌었다. 하지만 그녀를 손에 넣을 수 없게 만드는 이런 특징 중 어느 것도 그의 이상하고 미묘한 흥분을 잠재우지 못했다. 그래서 그는 어둠 속에서 나무에 몸을 기댄 채, 주먹을 깨물며 요란하게 뛰는 자기 심장 소리를 들었다.

반면에 에스테반은 지금의 삶이면 족했다. 에스테반이

마누엘만큼 마음이 넓지 않아서가 아니라 기질이 더 단순했기 때문에, 그의 상상력 속에는 새로운 충성을 위한 공간이 없었다. 이제 그는 사랑에 관한 돌이킬 수 없는 비밀을 발견했다. 가장 완벽한 사랑에서조차 한쪽이 다른 한쪽을 덜 사랑한다는 것이었다. 똑같이 착하고 똑같이 재능 있고 똑같이 아름다운 두 사람은 있을 수 있지만, 서로를 똑같이 사랑하는 두 사람은 세상에 없다. 그래서 에스테반은 방 안에서 깜빡이며 꺼져가는 촛불 옆에 똑바로 앉아, 왜 마누엘이 그렇게 변했는지, 왜 그들의 삶에서 의미가 통째로 사라져 버렸는지 주먹을 깨물며 생각했다.

어느 날 저녁 마누엘이 길을 가고 있는데, 한 소년이 그를 멈춰 세우고는 페리촐레가 당장 만나고 싶어 한다고 전했다. 마누엘은 발길을 돌려 극장으로 갔다. 그는 몸을 꼿꼿이 세우고, 우울하고 무표정한 얼굴로 대기실로 들어가 선 채로 기다렸다. 카밀라는 마누엘에게 부탁할 일이 있었고, 그래서 먼저 약간의 달콤한 말을 해줘야 한다고 생각하면서도 탁자 위의 금발 가발을 빗질하는 것을 멈추지 않고 말했다.

"사람들을 위해 편지 대필도 하죠? 나를 위해 편지를

좀 써 주면 좋겠어요. 이리 좀 와요."

그가 두 걸음 앞으로 움직였다.

"두 사람 다 나를 한 번도 안 찾아오더군요. 그건 스페인 사람답지 않아요(예의 바르지 않다는 의미). 그런데 당신은 어느 쪽이죠? 마누엘? 에스테반?"

"마누엘이요."

"그건 중요하지 않아요. 어차피 두 사람 다 친절하지 않으니까. 둘 다 나를 한 번도 보러 오지 않았어요. 나는 여기 온종일 앉아서 멍청한 대사를 외우고 있는데, 잡상인들 말고는 나를 보러 오는 사람이 없네요. 내가 여배우여서 그렇겠죠. 안 그래요?"

그다지 교묘한 질문은 아니었지만, 마누엘에게는 말할 수 없이 복잡했다. 그는 긴 머리칼이 만들어 낸 그림자 속에서 그녀를 응시하며 그녀가 떠들어댈 말을 기다렸다.

"당신에게 편지를 한 통 써 달라고 부탁하려고요. 아주 비밀스러운 편지죠. 하지만 이제 보니까 당신이 나를 좋아하지 않는다는 걸 알겠어요. 그러니 당신에게 편지를 써 달라고 하는 건 술집에서 큰 소리로 편지를 읽는 것과 다름없겠어요. 그 표정은 무슨 의미죠, 마누엘? 당신은 내

친구인가요?"

"예, 세뇨라."

"그만 가세요. 그리고 에스테반을 보내주세요. 당신이
'예, 세뇨라'라고 말할 때도 친구의 말투가 아니네요."

긴 침묵이 흘렀다. 이제 그녀는 머리를 들고 말했다.

"아직 거기 서 있는 거예요? 불친절 씨?"

"예, 셰뇨라…. 아가씨를 위해 뭐든 할 테니 저를 믿으
셔도 됩니다. 저를 믿으셔도…."

"나 대신 편지 한두 장을 써 달라고 부탁한다면, 편지
내용을 누구에게도 말하지 않겠다고 약속할 수 있어요?
그 편지를 썼다는 사실까지도 말이에요."

"예, 세뇨라."

"뭘 걸고 약속할 건데요? 성모 마리아의 이름을 걸고?"

"예, 세뇨라."

"리마의 성녀 로사의 심장을 걸고?"

"예, 세뇨라."

"하느님 맙소사, 마누엘! 누구나 당신이 황소처럼 우둔
하다고 생각할 거예요. 당신한테 화가 많이 나요. 당신은
우둔하지 않아요. 우둔해 보이지도 않고. 제발 '예, 세뇨

라'라는 말 좀 그만 해요. 우둔하게 굴지 말라고요. 아니면 에스테반을 부르러 보내겠어요. 무슨 문제라도 있는 거예요?"

여기서 마누엘은 스페인어 특유의 과장된 어조로 쓸데없이 힘차게 외쳤다.

"편지에 관한 모든 것을 비밀로 하겠다고, 성모 마리아의 이름과 리마의 성녀 로사의 심장을 걸고 맹세합니다."

"에스테반에게도." 페리촐레가 유도했다.

"에스테반에게도."

"음. 한결 낫군요."

그녀가 그에게 필기도구가 펼쳐진 탁자에 앉으라는 몸짓을 했다. 그런 뒤 찌푸린 얼굴로 엉덩이를 씰룩이며 방 안을 활보하면서, 편지 내용을 불러 주었다. 어깨에 숄을 두른 채 양손으로 허리를 짚은 모습이 사뭇 도전적으로 보였다.

카밀라 페리촐레가 각하의 손에 입을 맞추고 말합니다.

"아니, 아니, 새 종이에 처음부터 다시 쓰세요."

예술가 세뇨라 미카엘라 비예가스가 각하의 손에 입
을 맞추고 말합니다. 저는 각하께서 어진 마음으로
가까이 두시는, 시기심 많은 거짓말쟁이들의 희생양
이 되었습니다. 더 이상 중상모략에 맞서 싸우지 못
하겠어요. 각하의 종인 저는 항상 각하의 우정을 소
중히 여겨 왔고, 그것에 반하는 잘못을 저지른 적이
없으며, 그런 생각조차 한 적이 없습니다. 그런데 각
하께서 그런 말들을 쉽게 믿으시니, 저는 더 이상 중
상모략에 맞서 싸울 수가 없습니다. 따라서 페리촐레
라고 불리는 예술가 세뇨라 비예가스는 각하께서 주
신 선물을, 돌이킬 수 없는 것들 빼고는, 모두 되돌려
드리려 합니다. 각하의 신뢰가 없다면 각하의 종은 그
선물들에서 어떤 즐거움도 느낄 수 없기 때문입니다.

카밀라는 생각에 몰두하여 몇 분 동안 계속 방 안을 서
성였다. 그리고 잠시 후 마누엘을 쳐다보지도 않은 채 말
했다. "편지지를 한 장 더 꺼내세요."

당신 제정신이에요? 또 제게 황소를 바칠 생각은 하
지도 마세요. 황소 때문에 한바탕 전쟁이 벌어졌단
말이에요. 하늘이 당신을 보호해 주시길, 나의 철부
지. 금요일 밤, 같은 시간, 같은 장소. 어쩌면 저는
조금 늦을지도 모르겠어요. 여우 같은 양반이 눈을
크게 뜨고 있을 테니까요.

"이상이에요."
마누엘이 일어났다.
"실수하지 않았다고 맹세해요?"
"예, 맹세합니다."
"이 돈 받아요."
마누엘은 돈을 받았다.
"가끔 나를 위해 편지를 써줬으면 해요. 보통은 피오
아저씨가 내 편지를 대필해 주지만, 이 편지는 아저씨가
몰랐으면 하거든요. 잘 가세요. 신의 가호가 함께하길."
"신의 가호가 함께하길."
마누엘은 계단을 내려가서 아무 생각도, 아무 움직임
도 없이 오랫동안 나무들 사이에 서 있었다.

에스테반은 마누엘이 계속 페리촐레를 생각하고 있다는 것을 알았지만, 설마 그녀를 만났으리라고는 짐작도 하지 못했다. 이후 두 달에 걸쳐 이따금 한 어린 소년이 급한 용무가 있는 듯 다가와 마누엘인지 에스테반인지 물었고, 에스테반이라는 대답을 들으면 극장에서 마누엘을 부른다고 말하곤 했다. 에스테반은 필사 작업 때문에 부르는 것이려니 생각했다. 그래서 어느 날 밤 그들의 방에 손님이 불쑥 찾아왔을 때는 전혀 마음의 준비가 되어 있지 않았다.

자정이 다 되어갈 무렵이었다. 에스테반은 침대에 담요를 덮고 누운 채, 아직 필사 작업 중인 마누엘 옆 촛불을 물끄러미 보고 있었다. 그때 문을 두드리는 소리가 났고, 마누엘이 문을 열자 베일을 쓴 웬 여인이 헐떡이며 긴장한 모습으로 들어왔다. 그녀가 베일을 뒤로 넘기고 서둘러 말했다.

"빨리, 잉크와 종이를 꺼내세요. 마누엘 맞죠? 당장 편지를 써 줘야겠어요."

순간 그녀의 눈이 침대 가장자리에서 자신을 노려보고 있는 두 개의 반짝이는 눈동자를 마주쳤다. 그녀가 중얼거렸다.

"휴, 미안해요. 늦은 시간인 건 알아요. 하지만 어쩔 수
가 없었어요. 여기로 올 수밖에 없었어요."

그런 뒤 고개를 돌려 마누엘의 귀에 대고 속삭였다.

"이렇게 쓰세요."

> 나 페리촐레는 약속 장소에서 기다리는 것에 익숙하
> 지 않아요.

"다 적었나요?"

> 당신은 촐로*일 뿐이고, 리마에만 해도 당신보다 나
> 은 투우사는 얼마든지 있어요. 나는 절반은 카스티야
> 사람이고 세상에 나보다 뛰어난 여배우는 없죠. 이제
> 또다시 나를 기다리게 할 기회는 없을 거예요, 촐로.

"다 썼어요?"

• 스페인계와 아메리카 원주민의 혼혈.

그리고 마지막에 웃는 건 내가 될 거예요. 여배우의
수명이 짧다지만 투우사만큼 짧지는 않으니까요.

카밀라는 마누엘의 손 위로 몸을 숙인 채 그에게 귓속
말을 했다. 어둠 속에서 그 모습을 지켜본 에스테반에게
그건 자신이 결코 알 수 없을 새로운 친밀감이 형성되었
음을 보여주는 완벽한 증거였다. 자신의 몸이 오므라들면
서 허공 속으로 사라지는 것만 같았다. 자신이 끝없이 작
아지고 끝없이 달갑지 않은 존재가 되는 느낌이었다. 그
는 사랑의 장면을, 자신에게는 차단된 천국을 한 번 더 힐
끔 보고는 벽을 향해 돌아누웠다.

마누엘이 편지를 다 쓰자마자, 카밀라는 그것을 움켜
쥐고는 탁자 위로 동전 한 닢을 밀어 놓았다. 그리고 검은
레이스와 선홍색 목걸이를 펄럭이고는, 흥분에 찬 속삭임
을 마지막으로 남긴 채 밖으로 나갔다. 마누엘은 촛불을
들고 문까지 배웅을 나갔다가 돌아왔다. 그는 의자에 앉
아 팔꿈치를 무릎에 대고 두 손으로 귀를 덮었다. 마누엘
은 카밀라를 숭배했고, '나는 그녀를 숭배해'라고 거듭거
듭 혼잣말로 중얼거렸다. 그 소리는 일종의 주문이자 생

각을 차단하려는 시도였다.

그는 이 단조로운 중얼거림을 제외한 모든 것을 마음에서 비워냈고, 이런 텅 빈 마음 덕분에 에스테반의 기분을 알아차릴 수 있었다. 어둠 속에서 이렇게 말하는 목소리가 들리는 것 같았다.

"그 여자를 따라가 마누엘. 여기 있지 말고. 넌 행복할 거야. 세상 모든 사람에겐 각자의 자리가 있어."

이런 말을 들은 듯한 느낌은 점점 더 강해졌고, 에스테반이 먼 길을 떠나며 여러 차례 작별 인사를 하는 모습이 떠올랐다. 그는 공포에 휩싸였다. 그리고 그 공포의 빛속에서 세상의 다른 모든 애정은 그림자 또는 열병에 의한 환영에 지나지 않는다는 것을 깨달았다. 심지어 마리아 델 필라르 수녀원장이나 페리촐레까지도 말이다. 에스테반의 불행이 왜 그와 페리촐레 사이의 선택을 요구하는 방식으로 나타나야 하는지는 이해할 수 없었지만, 에스테반의 불행 자체는 이해할 수 있었다. 그리고 즉시 그 불행을 막기 위해 모든 것을 희생했다. 만일 우리가 결코 가질 수 없는 것임을 뻔히 알거나, 설령 갖더라도 불편해지고 슬퍼질 것임을 본능적으로 아는 것 말고, 진정으로 뭔가를 희생할 수 있다고 한다면 말이다. 분명 에스테반이 불평할 만한 이유는 없었다. 그것은 질투가 아니었다. 이전의 연애에서는 서로에 대한 충성도가 줄어들었다고 둘 중 누구도 느끼지 않았으니 말이다. 단지 한 사람의 마음에는 상상력이 만들어 낸 복잡한 애정을 품을 만한 공간이 있었고, 다른 한 사람의 마음에는 그런 공간이 없었던 것뿐이었다. 마누엘은 이것을 이해할 수 없었고, 나중에 보게 되겠지만, 부당하게 비난받는다는 느낌이 어렴풋이 들었다. 그러나 에스테반이 괴로워한다는 건 이해했다. 불안한 마음으로, 마누엘은 멀어져 가려는 형제의 마음을 붙잡을 방법을 찾으려 했다. 그리고 그 순간 결연한 의지로 페리촐레를 단번에 마음에서 몰아냈다.

마누엘은 촛불을 끄고 침대에 누웠다. 몸이 떨렸지만, 아무렇지 않은 듯 큰 소리로 과장되게 말했다. "그게 내가 그 여자를 위해 써 주는 마지막 편지야. 그 여자는 이제 다른 데서 뚜쟁이를 찾아야 할 거야. 혹시 내가 없을 때 그 여자가 찾아오거나 사람을 보내오면 그렇게 말해줘. 똑똑히 말해줘. 그 여자랑 일하는 건 이걸로 끝이야." 그런 뒤 그는 저녁 기도문을 암송하기 시작했다. 그러나 '낮에 날

아드는 화살**에 이르기도 전에 에스테반이 일어나서 촛불을 켜는 것을 인식했다.

"왜 그래?" 마누엘이 물었다.

"산책하러 나가려고."

에스테반이 허리띠를 조이며 침울하게 답했다. 잠시 후 그는 화가 난 듯한 태도로 불쑥 말했다.

"나 때문에 그렇게 말할 거 없어. 네가 그 여자의 편지를 써 주건 말건 난 상관없어. 나 때문에 마음 바꿀 필요 없어. 난 그 일과 아무 상관 없어."

"어서 잠이나 자, 바보야. 맙소사, 넌 바보야, 에스테반. 왜 내가 너 때문에 그런 말을 했다고 생각하는 거야? 그 여자와 끝이라는 내 말이 진심이란 걸 모르겠어? 내가 또 그 여자의 더러운 편지를 써 주고 돈을 받고 싶어 할 것 같아?"

"괜찮아. 넌 그 여자를 사랑하잖아. 나 때문에 마음 바꿀 필요 없어."

"뭐, 그 여자를 사랑? 내가 그 여자를 사랑한다고? 미쳤

• 시편 90편 5절. 너는 밤에 찾아오는 공포와 낮에 날아드는 화살과 어두울 때 퍼지는 전염병과 밝을 때 닥쳐오는 재앙을 두려워하지 아니하리로다.

구나, 에스테반. 내가 어떻게 그 여자를 사랑할 수 있겠어? 나한테 무슨 가능성이 있다고? 가능성이 조금이라도 있다면 그 여자가 내게 그런 편지를 써 달라고 하겠어? 그 여자가 매번 탁자 위에 동전을 내려놓고 가겠냐고? …넌 미쳤어, 에스테반. 두말할 가치도 없어."

긴 침묵이 뒤따랐다. 에스테반은 잠자리에 들지 않았다. 방 한가운데 있는 촛불 옆에 앉아 탁자 모서리를 손으로 톡톡 쳤다.

"잠이나 자, 이 바보야."

마누엘은 담요 밑에서 한쪽 팔꿈치로 침대를 짚고 일어나 소리쳤다. 그는 그들만의 비밀 언어로 말하고 있었는데, 갑자기 가슴에 새로운 고통이 밀려오며 일부러 화난 척했던 것이 진짜가 되어가는 느낌이 들었다.

"난 괜찮아."

"난 괜찮지 않아. 산책 다녀올게." 에스테반이 외투를 집어 들며 말했다.

"나가지 마. 새벽 두 시야. 게다가 비도 오고 있다고. 그렇게 나가서 몇 시간씩 걸어 다닐 수는 없어. 에스테반, 맹세코 다 지난 일이야. 이제 난 그 여자를 사랑하지 않아.

잠시 사랑했던 것뿐이야."

이제 에스테반은 문을 열고 어둠 속에 서 있었다. 그는 인생에서 가장 중요한 선언이라도 하는 것처럼 부자연스러운 목소리로 "난 네 앞길에 방해가 되고 있어"라고 말하고는 뒤돌아서 나가 버렸다.

마누엘은 침대에서 뛰어나왔다. 머릿속이 시끄러운 소음으로 가득한 것 같았다. 에스테반이 그를 혼자 남겨두고 영영 떠나려 한다고 외치는 목소리였다.

"신의 이름을 걸고, 신의 이름을 걸고 맹세해. 에스테반, 어서 돌아와."

결국 에스테반은 돌아와 잠자리에 들었고, 몇 주 동안 두 사람은 이 문제를 다시 입에 올리지 않았다. 바로 다음 날 저녁, 마누엘에게 자기 입장을 선언할 기회가 왔기 때문이다. 페리촐레가 보낸 심부름꾼이 왔을 때 마누엘은 이제 그녀의 편지를 쓰지 않겠다고 단호하게 말했다.

어느 날 저녁 마누엘은 쇳조각에 부딪혀 무릎이 찢어졌다.

형제는 평생 하루 이상 아팠던 적이 없었다. 그런데 지금 마누엘은 자기 다리가 부어오르는 것을 보고, 몸속에서 고통의 파도가 일렁이는 것을 느끼며 당황해서 어쩔 줄 몰랐다. 에스테반은 옆에 앉아 마누엘의 얼굴을 살피며 얼마나 고통스러울지 상상하려 했다. 마침내 어느 날 한밤중에 마누엘은 시내에 있는 이발소의 간판 하나가 떠올랐다. 거기엔 주인이 경험 많은 이발사이자 외과의사라는 말이 적혀 있었다. 에스테반은 곧장 달려가서 문을 쾅쾅 두드렸다. 한 여자가 창밖으로 몸을 빼고 남편이 부재 중이며 아침에나 돌아올 거라고 말했다. 이후 고통스러운 몇 시간 동안, 형제는 의사가 오면 모든 게 괜찮아질 거라고 서로에게 말했다. 의사가 뭔가 조치를 취할 거라고, 하루 이틀 정도면, 어쩌면 그보다 빨리 마누엘이 시내를 돌아다니게 될 거라고 말이다.

이발사가 찾아와서 여러 가지 물약과 연고를 처방했다. 에스테반은 한 시간마다 마누엘의 다리에 차가운 수건을 대 주라는 지시를 받았다. 이발사는 돌아갔고, 형제는 가만히 앉아서 고통이 잦아들기를 기다렸다. 그러나 형제가 서로의 얼굴을 바라보며 과학의 기적을 기다리는 동안 고통은 오히려 더 심해져만 갔다. 에스테반은 한 시간마다 물이 뚝뚝 떨어지는 수건을 들고 다가갔지만, 수건을 다리에 올릴 때 고통이 가장 극심해졌다. 마누엘은 참으려고 안간힘을 써 보았지만, 비명을 지르며 침대 위에서 격렬하게 몸부림칠 수밖에 없었다. 밤이 깊었고, 에스테반은 여전히 끈기 있게 기다리며 마누엘의 상태를 지켜보면서 자신에게 주어진 임무를 묵묵히 수행했다. 아홉 시, 열 시, 열한 시. 이제 수건을 댈 시간이 가까워지자(모든 시계탑에서 시간을 알리는 종소리가 음악처럼 울려 퍼졌다), 마누엘은 제발 수건을 대지 말라고 애원했다. 그는 꾀를 쓴답시고 이제 거의 통증이 느껴지지 않는다고 거짓말을 했다. 그러나 에스테반은 가슴이 미어졌음에도 입을 굳게 다문 채 담요를 걷고는 무릎에 수건을 세게 묶었다. 마누엘은 점차 착란 상태에 빠졌고, 온전한 정신이라면 절대 하지 않았을 온갖 생각들이 불쑥불쑥 과장되게 입 밖으로 튀어나왔다.

마침내 새벽 두 시가 되었을 때 그는 분노와 고통에 정신이 나가서 급기야 침대 밖으로 몸을 반쯤 던지고는 머리를 바닥에 찧으며 소리쳤다.

"하느님이 네 영혼을 가장 뜨거운 지옥의 불구덩이로

떨어뜨릴 거야. 수천의 악마가 너를 영원히 고문할 거야, 에스테반. 하느님이 네 영혼에 벌을 내리실 거야. 듣고 있어?"

처음에 에스테반은 온몸에 기운이 쭉 빠졌다. 그는 복도로 나가 눈을 크게 뜨고 입을 벌린 채 문에 기댔다. 안에서 계속 소리가 들려왔다.

"그래, 에스테반. 하느님이 너의 짐승 같은 영혼을 영원히 저주하기를! 듣고 있어? 나와 마땅히 내 것인 것 사이에 끼어든 죄로 말이야. 그 여자는 내 것이야. 듣고 있어? 네가 무슨 권리로…."

그리고 그는 페리촐레에 대해 세세한 이야기를 쏟아내기 시작했다.

이런 발작이 매시간 반복되었다. 마누엘의 정신이 또렷하지 않다는 걸 에스테반이 깨닫기까지는 어느 정도 시간이 걸렸다. 몇 차례의 끔찍한 순간을 이겨낸 뒤(독실한 신자라는 것이 한몫했다), 그는 방으로 돌아와 고개를 숙인 채 자신의 의무를 충실히 수행했다.

동틀 무렵이 되면서 마누엘이 조금 잠잠해졌다. (새벽에 증세가 완화되는 것처럼 보이지 않는 인간의 병이 어디 있을까?) 그럴 때면 마누엘이 꽤 차분하게 말했다.

"이럴 수가! 기분이 좀 나아졌어. 에스테반, 수건 찜질이 결국 효과가 있나 봐. 두고 봐. 내일이면 멀쩡히 일어나서 돌아다닐 거야. 너 며칠 동안 잠도 통 자지 못했지. 두고 봐. 이제 더 이상 너에게 폐 끼치지 않을 거야."

"폐는 무슨 폐. 이 바보야."

"내가 수건을 못 대게 해도 신경 쓰지 마."

긴 침묵이 흘렀다. 마침내 에스테반이 겨우 들릴 만한 목소리로 말을 꺼냈다.

"있잖아…. 페리촐레를 불러오는 게 좋지 않을까? 그여자가 몇 분 동안이라도 너를 보러 올 수 있을 것 같은데. 내 말은…."

"그 여자? 너 아직도 그 여자를 생각하고 있어? 난 절대로 그 여자를 보지 않을 거야. 싫어."

그러나 에스테반은 그런 대답을 듣고도 만족하지 못하고, 가슴에서 몇 마디를 더 꺼냈다.

"마누엘, 너 아직도 내가 둘 사이에 끼어들었다고 생각하지? 내가 괜찮다고 말한 건 기억 못 하고. 맹세하는데, 네가 그 여자랑 떠나든 말든, 난 상관없어."

"뭐 때문에 그 얘길 또 꺼내는 거야, 에스테반? 하느님의 이름을 걸고 말하는데 난 절대 그럴 생각 없어. 그 여자는 나한테 아무것도 아니야. 대체 언제 그 일을 잊어버릴래? 분명히 말하는데, 나는 지금 이대로 족해. 이거 봐. 네가 계속 그 얘기를 꺼내면 정말 화낼 거야."

"마누엘, 네가 수건 때문에만 화를 내는 거면, 다시는 그 얘기를 꺼내지 않을게. 하지만 넌 그것 때문에도 화가 났잖아. 네 입으로 그 얘기를 하기도 했어."

"이것 봐. 그건 내 탓이 아니야. 그땐 다리가 너무 아파서 그랬어."

"그럼 나를 지옥에 가라고 저주하지 않는 거야? 내가 너와 페리촐레 사이에 끼어 들었다고 생각하지 않아?"

"뭐? 내가 너를 저주해? 왜 그런 말을 하는 거야? 미쳐 가는구나, 에스테반. 별 이상한 상상을 하고 있으니 말이야. 잠을 통 못 자서 그래. 난 너에게 골칫거리야. 나 때문에 네가 건강을 해치겠어. 하지만 두고 봐. 이제 너에게 크게 폐 끼치지 않을 거야. 어떻게 내가 너를 지옥에 가라고 저주하겠어? 나한텐 너밖에 없는데. 차가운 수건만 닿으면 정신이 나가서 그런 것뿐이야. 두 번 다시 그런 생각하지 마. 또 수건 뗄 시간이네. 이제 한마디도 하지 않을게."

"아니, 마누엘. 이번에는 그냥 넘어가자. 그런다고 문제될 건 없을 거야. 그냥 이번은 넘어갈래."

"나 좋아졌어, 에스테반. 알잖아. 나는 곧 일어나야 해. 어서 해 줘. 그전에 잠시만 내게 십자가상을 줘. 예수님의 성체에 대고 맹세합니다. 내가 에스테반에게 악담을 한다 해도 그건 진심이 아닙니다. 다리가 너무 아파서 비몽사몽간에 하는 바보 같은 말일 뿐입니다. 하느님 저를 곧 낫게 해 주세요, 아멘. 이제 도로 갖다 놔. 자, 이제 준비됐어."

"이봐, 마누엘. 이번 한 번 빼먹는다고 크게 문제 되진 않을 거야. 들쑤시지 말고 그냥 놔두면 오히려 더 좋아질지도 몰라."

"아니, 난 나아져야 해. 의사가 꼭 하랬잖아. 한마디도 안 할게, 에스테반."

그리고 또 모든 것이 다시 반복되었다.

이튿날 밤, 옆방에 사는 매춘부가 마누엘의 비명에 잔뜩 화가 나서 벽을 두드리기 시작했다. 맞은편 방에 있던 사제도 복도로 나와 문을 두드렸다. 같은 층에 묵는 사람들 전체가 화가 나서 형제의 방 앞에 모였다. 여인숙 주인이 계단으로 올라와서 손님들에게 다음 날 아침 형제를 거리로 내쫓겠다고 약속했다. 에스테반은 촛불을 들고 복도로 나가 사람들이 성에 찰 때까지 자신에게 분풀이를 하도록 내버려뒀다. 하지만 그러다가도 스트레스가 최고조에 오르면 마누엘의 입을 손으로 막았다. 그러면 마누엘의 분노가 더 커져서 밤새도록 아무 소리나 지껄였다.

사흘째 되던 날 밤, 에스테반은 사람을 보내 신부님을 모셔 왔다. 마누엘은 거대한 그림자들에 둘러싸인 채 병자 성사를 받고 죽었다.

그때부터 에스테반은 그 건물 근처에는 절대 가지 않았다. 그는 긴 산책을 하려고 나섰다가 곧 돌아와서는 마누엘이 누워 있는 곳에서 두 골목도 채 벗어나지 않은 거리를 배회하며 행인들을 멍하니 바라보았다. 그를 설득하는 데 실패한 여인숙 주인은 쌍둥이 형제가 산타 마리아 로사 데 라스 로사스 수녀원에서 자랐다는 것을 떠올리고 수녀원장을 불러왔다. 그녀는 필요한 모든 일을 간단하고 믿음직스럽게 처리했다. 그리고 마침내 에스테반을 찾아 길모퉁이로 걸어갔다. 에스테반은 그녀가 다가

오는 것을 그리움과 불신이 뒤섞인 시선으로 바라보았다. 그러나 막상 그녀가 가까이 다가서자, 옆으로 돌아서서 눈길을 피했다.

"네가 좀 도와주면 좋겠구나. 네 형제를 보러 들어가지 않겠니? 들어가서 나를 좀 도와줘."

"싫어요."

"날 도와줄 마음이 없는 게로구나!"

긴 침묵이 흘렀다. 그녀가 속수무책인 기분으로 서 있는데, 몇 년 전의 일이 불현듯 마음에 스쳤다. 쌍둥이 형제가 열다섯 살쯤 되었을 때, 그녀는 둘을 앞에 앉혀 놓고 예수님이 십자가에 못 박힌 이야기를 들려주고 있었다. 형제의 크고 진지한 눈이 그녀의 입에 고정되어 있었다. 그러다가 마누엘이 느닷없이 큰 소리로 외쳤다. "에스테반과 제가 그 자리에 있었다면 그러지 못하게 막았을 거예요."

"음, 도와주지 않겠다면, 네가 둘 중 누구인지라도 말해 주겠니?"

"마누엘이에요." 에스테반이 말했다.

"마누엘, 저 위로 올라가서 잠깐만 내 옆에 앉아 있어

줄래?"

에스테반은 긴 침묵 뒤에 "싫어요"라고 답했다.

"하지만 마누엘, 우리 마누엘. 네가 어렸을 때 나를 위해 얼마나 많은 일을 해줬는지 기억 안 나니? 시내 여기저기를 기꺼이 돌아다니면서 작은 심부름을 해줬었는데. 내가 아플 때는 식당에 가서 수프를 끓여 달래서 가져오기도 했잖아." 다른 사람이었다면 "내가 너를 위해 얼마나 많은 것을 해줬는지 기억나니?"라고 말했을 것이다.

"네."

"나도 누군가를 잃었단다, 마누엘. 나도⋯. 우리는 하느님이 사람들을 당신 품으로 데려간다는 것을 알고 있잖니." 하지만 이 말도 전혀 통하지 않았다. 에스테반은 살짝 몸을 돌려 그녀에게서 멀어졌다. 그렇게 스무 걸음쯤 가다가 멈춰 서서는 다시 골목길을 내려다보았다. 멀리 떠나고 싶지만 돌아오라고 부르는 주인의 기분을 상하게 할까 망설이는 개처럼.

그것이 사람들이 그에게서 얻어낼 수 있는 전부였다. 까만 두건과 복면 차림의 음침한 장례 행렬이 섬뜩한 찬송가를 부르며 시내를 통과했다. 그들은 백주대낮에 촛불을 들고, 수북이 쌓인 해골을 앞세운* 채 걸었다. 그때에도 에스테반은 나란히 나 있는 옆길에서 멀찌감치 따라갈 뿐이었다. 그는 그 행렬을 야만인처럼 흘끗흘끗 보았다.

리마 전체가 이 형제의 이별에 관심을 가졌다. 아낙들은 발코니에서 카펫을 털면서 안타까움에 찬 말을 속삭였다. 남자들은 술집에서 그 일을 언급하다가도 이내 고개를 저으며 말없이 담배만 피웠다. 내륙에서 온 여행자들은 에스테반이 석탄 같은 눈으로 메마른 강바닥이나 옛 문명의 거대한 유적지를 돌아다니는 모습을 보았다고 했다. 라마를 키우는 한 목동은 야산 꼭대기에 올라갔다가 별빛 아래에 이슬을 맞으며 졸고 있는, 혹은 멍하게 있는 에스티반을 우연히 마주쳤다고 했다. 몇몇 어부는 해안 먼 곳으로 헤엄쳐 가는 그를 보고 놀라기도 했다. 때때로 그는 일자리를 찾았다. 양치기나 마차꾼으로 일하기도 했지만, 두어 달 후에는 어김없이 종적을 감추고 이 지방 저 지방을 방랑했다.

그러나 그는 항상 리마로 돌아왔다. 하루는 페리촐레

---

* 해골을 죽음의 상징이자 부활의 상징으로 여기며 신성시했던 아즈텍 문명이 남미 여러 지역에 영향을 준 것으로 보인다.

의 분장실 문 앞에 나타나서는 할 말 있는 사람처럼 그녀
를 간절히 쳐다보다가 사라졌다. 하루는 수녀 한 명이 마
리아 델 필라르 수녀원장의 사무실로 뛰어와 에스테반(사
람들은 그를 마누엘이라고 불렀지만)이 수녀원 문 근처에서
어슬렁거리고 있다고 전했다. 수녀원장은 부랴부랴 거리
로 나갔다. 그녀는 지난 몇 달 동안 어떻게 이 반쯤 정신
나간 소년을 다시 사람들 틈에서 살아가게 할 수 있을지
고민했다. 그녀는 최대한 진지하고 침착한 태도로 문 앞
에 나타난 소년을 바라보며 "네가 왔구나"라고 속삭였다.
에스테반은 예전에 그랬던 것처럼 그리움과 불신이 섞인
시선으로 그녀를 바라보았다. 그는 몸을 떨고 있었다. 그
녀가 다시 한번 "네가 왔구나"라고 속삭이며 한 발짝 다가
섰다. 그러나 에스테반은 느닷없이 몸을 돌려 멀리 달아
나 버렸다. 마리아 델 필라르 수녀원장은 비틀거리며 책
상으로 돌아와 무릎을 꿇었다. 그녀는 버럭 화를 내며 말
했다.

"제게 지혜를 달라고 그렇게 기도했건만, 아무것도 들
어주지 않으시는군요. 제게 최소한의 은혜조차 베풀지
않으셨어요. 저는 그저 마룻바닥이나 닦는 사람이겠지

요….”

그러나 자신의 무례에 대해 참회하는 동안, 그녀는 사람을 보내 알바라도 선장을 불러와야겠다는 생각이 떠올랐다. 3주 후 수녀원장은 알바라도 선장과 10분간 대화를 나눴다. 그리고 다음 날 그는 쿠스코로 떠났다. 에스테반이 대학에서 필경사로 일하고 있다는 소문이 도는 곳이었다.

알바라도 선장은 당시 페루에서 꽤 유명한 괴짜 여행가였다. 그의 피부는 모진 풍파에 검게 그을리고 거칠거칠해져 있었다. 그는 광장에 서 있을 때도 마치 출렁이는 갑판 위에 있는 것처럼 다리를 쩍 벌리고 서 있었다. 그의 눈도 좀 이상했다. 구름 사이로 별자리의 형태를 파악하거나 빗속에서 곶의 윤곽을 포착하는 데 너무 익숙해진 나머지, 오히려 가까운 거리의 물체를 보는 게 어려웠다. 대부분의 사람은 그의 과묵한 성격이 오랜 여행의 결과라고 짐작했지만, 몬테마요르 후작 부인은 그 문제를 다르게 바라보았다. 그녀는 딸에게 보내는 편지에 이렇게 썼다.

알바라도 선장이 이 편지를 너에게 직접 전해줄 거

야. 선장을 그곳의 지리학자들에게 소개해 주렴. 그들
이 조금 불편해할 수도 있겠지만, 선장은 진실한 다
이아몬드 같은 사람이란다. 그 사람들은 그렇게 멀리
까지 여행한 사람을 본 적이 없을 거야. 간밤에 선장
이 여행 얘기를 조금 들려줬단다. 선장이 뾰족한 뱃
머리로 해초가 가득한 바다를 가르고, 6월의 메뚜기
떼 같은 물고기 떼를 휘젓고, 얼음 섬들 사이를 뚫고
항해하는 모습을 상상해 보렴. 선장은 중국과 아프리
카의 강에도 가 봤단다. 하지만 선장은 단순히 모험
가가 아니고, 새로운 장소를 발견하는 데서 자부심을
느끼는 것 같지도 않아. 그렇다고 단순히 상인도 아
니란다. 하루는 내가 왜 그렇게 사냐고 단도직입적으
로 물었는데, 답을 피하더구나. 그런데 내가 우리 집
세탁부에게 들은 이야기가 있지. 내가 보기엔 그게
바로 그가 방랑하는 이유인 것 같아. 딸아, 그에게는
자식이 하나 있었어. 딸이었지. 딸은 휴일 식사를 준
비하고 선장을 위해 간단한 바느질을 해줄 만큼 자랐
단다. 당시에는 선장이 멕시코와 페루 사이만 오갔고,
그의 딸이 손을 흔들어 작별 인사와 환영 인사를 한

것만도 수백 번은 되었다지. 그 아이가 주위에 사는 수천 명의 다른 소녀들보다 예뻤는지 똑똑했는지는 알 도리가 없지만, 어쨌거나 그 아이는 선장 자신의 딸이었어. 커다란 참나무 같은 남자가 계집아이 하나 사라졌다는 이유로 마치 장님이 빈집을 헤매는 마냥 세상을 떠돈다는 것이 너에게는 하찮게 보일 수도 있겠지. 그래, 넌 이해하지 못할 거야. 하지만 사랑하는 내 딸아, 난 이해한단다. 사실 그 생각을 하면 얼굴이 창백해질 정도야. 간밤에 선장은 나와 함께 앉아서 딸에 대해 이야기했지. 그가 손으로 턱을 괴고 화롯불을 들여다보며 이렇게 말했어. '가끔은 딸아이가 멀리 여행 중이고 그 아이를 다시 보게 될 것 같은 느낌이 듭니다. 딸아이가 영국에 있을 것만 같아요.' 이런 말 하면 넌 나를 비웃겠지만, 선장은 자신이 늙을 때까지 시간을 흘려보내기 위해 세상을 떠도는 게 아닌가, 하는 생각마저 드는구나.

쌍둥이 형제는 알바라도 선장을 무척 존경했다. 그들은 잠시 선장 밑에서 일한 적이 있었는데, 자기 자랑과 변명, 미사여구가 난무하는 이 세상에서 세 사람의 과묵함은 작지만 진실된 본질처럼 느껴졌다. 그래서 에스테반이 식사를 하고 있던 어두운 식당으로 그 위대한 여행가가 들어왔을 때, 그는 더 어두운 곳으로 의자를 옮기면서도 내심 반가웠다. 선장은 식사를 마칠 때까지 에스테반을 보지도 알은체하지도 않았다. 에스테반은 오래전에 식사를 마쳤지만, 선장이 자신에게 말을 걸어오는 것을 원치 않았기 때문에, 선장이 동굴 같은 식당을 나갈 때까지 기다릴 셈이었다. 그런데 마침내 선장이 그에게 걸어와 말을 붙였다.

"자네는 에스테반이거나 마누엘이겠군. 언젠가 내 하역 일을 도와줬었지. 나는 알바라도 선장이야."

"네." 에스테반이 말했다.

"어떻게 지내나?"

에스테반이 뭔가를 중얼거렸다.

"다음 여행에 함께 갈 힘 좋은 친구들을 찾고 있는데 말이야." 잠시 침묵이 뒤따랐다.

"혹시 함께 갈 텐가?" 긴 침묵이 뒤따랐다.

"영국일세. 그리고 러시아…. 일은 힘들 거야. 하지만 보수는 좋지…. 페루에서 아주 먼 곳인데, 어때?"

보아하니, 에스테반은 제대로 듣고 있지 않았다. 탁자만 빤히 내려다보며 앉아 있었다. 선장은 귀머거리에게 말하듯 목소리를 높였다.

"내가 물었잖아. 혹시 다음 여행에 함께 가고 싶냐고…."

"네, 갈게요." 에스테반이 불쑥 대답했다.

"좋아, 잘 됐군. 물론 자네 동생인지 형인지도 오면 좋겠어."

"그럴 수 없어요."

"무슨 일 있나? 오고 싶어 하지 않을 것 같나?"

에스테반이 눈길을 돌리며 뭐라고 중얼거렸다. 그러더니 일어서며 말했다.

"지금 가 봐야 해요. 일이 있어 누구를 좀 보러 가야 해요."

"내가 자네 동생인지 형인지를 직접 만나 보지. 어디에 있나?"

"죽었어요." 에스테반이 말했다.

"이런, 내가 몰랐구먼. 몰랐어. 미안하네."

"네." 에스테반이 말했다. "가 봐야 해요."

"음. 그런데 자넨 누구야? 이름이 뭐지?"

"에스테반이에요."

"마누엘은 언제 죽었나?"

"어, 겨우… 겨우 몇 주 전이에요. 뭔가와 무릎을 부딪
쳤어요. 겨우 몇 주 전에요."

두 사람 모두 계속 바닥만 보았다.

"자네가 몇 살이지, 에스테반?"

"스물두 살이요."

"그럼, 나와 함께 가는 걸로 결정된 거지?"

"네."

"자네가 추위에 익숙하지 않을지도 모르겠군."

"아뇨. 익숙해요. 이제 가 봐야겠어요. 시내에서 누굴
좀 만나야 해서요."

"음, 에스테반. 그럼 이따가 돌아와서 저녁 식사를 하며
여행 이야기를 좀 하세. 같이 술도 한잔하고 말이야. 그러
겠나?"

"그럴게요."

"신의 가호가 함께하기를."

"신의 가호가 함께하기를."

그들은 함께 저녁을 먹었고, 다음 날 아침에 리마로 출발하기로 했다. 선장은 에스테반이 취할 정도로 술을 먹였다. 처음에는 두 사람 다 말없이 술만 따라 마셨다. 그러다가 선장이 배와 항로에 대해 말하기 시작했다. 그는 에스테반에게 항해 장비와 길잡이 별들에 대해 질문했다. 그러자 에스테반은 다른 이야기도 하기 시작했고, 점점 더 큰 소리로 말했다.

"배에 타면 항상 제게 뭔가 일을 주셔야 해요. 저는 뭐든지 할 거예요. 뭐든지. 높이 올라가서 밧줄을 고정하고, 밤새 망도 볼 거예요. 어차피 저는 잠을 잘 못자거든요. 그리고 알바라도 선장님. 배에서는 저를 모른 척해 주세요. 저를 제일 싫어하는 척해 주세요. 그래야 항상 제게 일을 시키시죠. 더 이상 책상에 가만히 앉아 필경사 일을 할 순 없어요. 다른 사람들에게 제 얘기는 하지 마세요. 그러니까… 그 일에 대해서도…."

"자네가 불타는 집에 들어가서 누군가를 구했다는 말은 들었네, 에스테반."

"네. 하지만 화상을 입지는 않았어요. 보시다시피."

에스테반이 식탁 위로 엎드리며 소리쳤다.

"누구도 자살하면 안 돼요. 자살은 안 될 일이죠. 누구나 다 알아요. 하지만 불타는 집에 뛰어 들어가 누군가를 구한다면, 그건 자살이 아니에요. 만일 투우사가 되어서 황소의 공격을 받아 죽는다면 그것도 자살이 아니죠. 고의로 황소를 향해 뛰어들지만 않는다면 말이에요. 그런데 짐승들은 절대 자살하지 않는다는 거 아셨어요? 자기가 싸움에서 질 것이 뻔할 때도 말이에요. 어떤 사람들은 말이 모닥불로 뛰어든다고 하더군요. 그게 사실인가요?"

"아니, 사실이 아닐 것 같네."

"저도 사실이 아닐 것 같아요. 한번은 개를 키웠어요. 아, 그 생각은 하면 안 될 것 같아요. 알바라도 선장님, 혹시 마리아 델 필라르 수녀원장님을 아시나요?"

"알지."

"떠나기 전에 그분께 선물을 하고 싶어요. 출발하기 전에 품삯을 전부 선물로 주시면 좋겠어요. 저는 어딜 가든 돈이 필요 없을 테니까요. 그 분께 지금 선물을 사드리고 싶어요. 이 선물은 저 혼자 드리는 게 아니에요. 그분은… 그분은….." 여기서 에스테반은 마누엘의 이름을 말하고 싶었지만 그럴 수 없었다. 대신 그는 낮은 목소리로 말을 이었다. "그분은… 그분은 한때 큰 상실을 겪었어요. 그렇게 말씀하셨죠. 누구인지는 몰라요. 그분께 선물을 드리고 싶어요. 여자들은 그런 일을 우리처럼 잘 견뎌내지 못하잖아요."

선장은 아침에 선물을 함께 골라보자고 약속했다. 에스테반은 그 이야기를 무척 길게 했다. 마침내 에스테반은 식탁 밑으로 스르르 미끄러져 내려갔다. 선장은 그 모습을 보고 일어나 여인숙 앞 광장으로 나갔다. 안데스 산맥의 윤곽과 하늘을 가로질러 시냇물처럼 펼쳐진 별들의 무리가 눈에 들어왔다. 그리고 허공에서 그를 향해 미소 짓고 있는 망령을 보았다. 천 번쯤 들었던 그 은빛 목소리의 망령이 그에게 말했다.

"너무 오래 있지 마세요. 돌아오실 때면 저는 다 큰 아가씨가 되어 있을 거예요."

선장은 다시 안으로 들어가 에스테반을 방으로 옮겼다. 그리고 거기에 앉아 한참 동안 그를 바라보았다.

다음 날 아침 선장이 계단 밑에서 기다리고 있는데 에스테반이 나타났다.

"자네가 준비되는 대로 바로 출발하세." 선장이 말했다.

에스테반의 눈에 이상한 광채가 돌아와 있었다. 그가
불쑥 내뱉었다.

"아뇨, 저는 안 가요. 아무튼 안 갈 거예요."

"어이구, 에스테반! 하지만 가겠다고 약속했잖아."

"불가능해요. 함께 갈 수 없어요."

그가 등을 돌려 다시 위층으로 올라갔다.

"잠깐만 이리 와, 에스테반. 잠깐만."

"저는 함께 갈 수 없어요. 페루를 떠날 수 없어요."

"하고 싶은 말이 있네."

에스테반이 계단 아래로 내려왔다.

"마리아 델 필라르 수녀원장의 선물은 어쩌고?"

선장이 낮은 목소리로 말했다. 에스테반이 말없이 산
을 바라보았다.

"설마 그분께 선물을 드리지 않으려는 건 아니지? 그분
께 큰 의미가 될 수 있는 선물일 텐데…. 알잖나."

"맞아요." 에스테반이 동요한 듯 중얼거렸다.

"그래. 게다가 바다가 페루보다 더 좋아. 자넨 리마와
쿠스코, 그리고 둘을 잇는 육로에 대해 잘 알잖나. 그것들
에 대해 더 알아야 할 건 없어. 자네가 원하는 건 큰 바다

야. 게다가 배에 타면 매 순간 할 일이 있을 거야. 내가 꼭 그렇게 되도록 만들겠네. 가서 물건을 챙겨 와. 어서 출발하세."

에스테반은 결정을 내리려 애쓰고 있었다. 결정을 내리는 쪽은 항상 마누엘이었다. 마누엘조차 이런 큰 결정을 내려야 했던 적은 없었다. 에스테반은 천천히 위층으로 올라갔다. 선장은 그를 기다렸다. 그러나 기다림의 시간이 길어지자 조심스럽게 계단을 반쯤 올라가 귀를 기울였다. 처음에는 정적만 흘렀는데, 잠시 후 어떤 소음이 잇따라 들렸다. 선장은 상상력을 동원해 그 소리의 정체를 단번에 알아차릴 수 있었다. 에스테반이 대들보의 회반죽을 긁어내고는 그 위에 밧줄을 묶고 있는 것이었다. 선장은 계단에 서서 몸서리를 치며 혼잣말했다.

"어쩌면 이게 최선일지도 몰라. 그냥 내버려두는 편이 나을지도. 어쩌면 저 친구에게는 저게 유일한 길인지 모르잖아."

그러나 그 순간 또 다른 소리가 들려왔고, 그는 순식간에 몸을 날려 방문을 박차고 들어가 소년을 붙잡았다.

"저리 가세요." 에스테반이 소리쳤다.

"절 그냥 놔둬요. 상관 마시라고요."

에스테반이 얼굴을 바닥에 묻고 울부짖었다.

"저는 혼자예요. 혼자, 혼자라고요."

그 옆에 서 있는 선장의 크고 넓은 얼굴이 고통으로 잔뜩 일그러지며 잿빛으로 변했다. 지난날의 아픈 기억이 생생하게 되살아났다. 선장은 바다에 관한 이야기를 할 때를 제외하면, 세상에서 가장 말주변이 없는 사람이었다. 그러나 때로는 용기를 내어 진부한 말이라도 해야 하는 순간이 있다. 바닥에 쓰러진 형체가 듣고 있는지 확신할 수 없었지만, 그래도 그는 말했다.

"에스테반, 우리는 우리가 할 수 있는 일을 해야 하네. 최대한 밀고 나갈 수밖에 없지. 그리 오래 걸리진 않아. 알잖아. 시간은 계속 흘러가니까. 시간이 얼마나 빨리 지나가는지 알면 자네도 놀랄 거야."

그들은 리마로 출발했다. 산 루이스 레이의 다리에 도착했을 때, 선장은 물건의 운반을 감독하기 위해 다리 아래 강으로 내려갔다. 하지만 에스테반은 다리를 건넜고, 다리와 함께 추락했다.

피오 아저씨

우리는 놀라운 수준의 훌륭한 것들이
존재하는 세계에서 와서,
우리가 다시 경험하지 못할 아름다움을
희미하게 기억한 채 살다가,
다시 그 세계로 돌아간다.

몬테마요르 후작 부인은 29번 편지에서 피오 아저씨를
"우리의 늙은 아를르캥"이라고 표현하며, 그에게 받은 인
상을 묘사하려고 한다.

내 사랑, 나는 아침 내내 녹색 발코니에 앉아 너에게
줄 슬리퍼 한 켤레를 만들고 있었단다. 내가 금색 실
에 온전히 집중하지 못해서인지, 옆쪽 벽에 떼 지어
있는 개미들의 움직임이 눈에 들어왔어. 벽 뒤 어딘
가에서 녀석들이 끈기 있게 내 집을 파괴하고 있더
구나. 두 개의 널빤지 사이에서 3분마다 작은 일개미

한 마리가 나타나서는 나무 부스러기를 바닥에 떨어뜨렸어. 그런 다음 개미는 나를 향해 더듬이를 움직이고는 다시 부랴부랴 알 수 없는 통로로 돌아가더구나. 그러는 동안 녀석의 수많은 형제자매들이 총총거리며 자신들의 신작로를 분주히 오가다가, 이따금 멈춰 서서는 서로의 머리를 문질렀어. 간혹 긴요한 소식을 가지고 갈 때는 머리를 문지르는 것도, 반대로 받는 것도 신경질적으로 거부했단다. 이것을 보는데, 바로 피오 아저씨가 떠오르더구나. 왜냐고? 그 사람이 지나가는 성직자나 관료의 시종을 붙잡고, 그들의 귀에 입술을 바짝 대고 속삭일 때의 동작이 연상되었기 때문이지. 그 사람이 아니면 내가 그런 동작을 달리 어디서 보았겠니? 아니나 다를까, 정오가 되기 전에 그 사람이 알 수 없는 용무를 보러 서둘러 지나가는 것을 봤지. 나는 본디 한가하고 실없는 인간인지라, 페피타에게 사탕 한 조각을 가져오게 해 개미들의 신작로에 놓았어. 그리고 비슷한 맥락에서, 피사로 카페로 전갈을 보내 혹시 피오 아저씨가 해 지기 전에 그곳에 들르면 내게 보내 달라고 부탁해 뒀단다.

난 그에게 터키석이 박힌 낡고 흰 샐러드 포크를 줄 셈이야. 그는 요즘 모두가 부르는 아무개 공작 부인에 대한 신곡 악보 한 부를 내게 갖다줄 거란다. 딸아, 너는 최고의 것을 가질 것이고, 그것도 가장 먼저 갖게 될 거야.

그리고 다음 편지에서는 또 이렇게 썼다.

내 소중한 아이야, 피오 아저씨는 세상에서 가장 유쾌한 남자란다. 물론 네 남편을 제외하고 말이야. 그러니까 두 번째로 유쾌한 남자가 되겠구나. 그와의 대화는 참 매혹적이야. 그의 평판이 그렇게 나쁘지만 않았다면, 그를 내 비서로 앉히고 싶은 심정이란다. 그는 나 대신 모든 편지를 써줄 테고, 그러면 사람들은 대대손손 내가 위트 있다고 칭찬할 텐데. 하지만 안타깝게도 그는 몹쓸 병과 친구들로 심신이 심하게 망가져서 어둠의 세계에 그대로 내버려 둘 수밖에 없을 것 같구나. 그는 개미와 비슷할 뿐만 아니라, 때 묻은 카드와도 비슷하단다. 태평양의 물을 다 가져와

씻어 내도 그를 다시 달콤하고 향기롭게 만들 수 있
을지 의문이야. 하지만 그가 구사하는 스페인어가 어
찌나 훌륭하고, 그가 하는 이야기들은 또 얼마나 절
묘한지! 늘 극장을 번질나게 드나들며 칼데론*의 대
사만을 듣고 살아야 체득할 수 있는 능력이지. 맙소
사, 그런 존재를 그렇게 박대하다니, 이놈의 세상은
대체 어떻게 된 걸까! 그의 눈은 자신의 열 번째 새끼
와 강제로 이별당한 암소처럼 슬퍼 보여.

먼저 알아야 할 것은, 이 피오 아저씨가 카밀라 페리촐
레의 가정부였다는 사실이다. 또 그는 페리촐레의 노래
선생이자, 미용사이자, 안마사이자, 대본을 읽어주는 사
람이자, 심부름꾼이자, 물주였다. 심지어 그녀의 아버지
라는 소문까지 있었다. 그는 그녀에게 대사 연습도 시켜
주었다. 카밀라가 읽고 쓸 줄 안다는 소문이 시내에 돌았
지만, 그런 칭찬은 사실무근이었다. 피오 아저씨가 그녀
를 위해 글을 읽고 써 주었다. 성수기에는 극단에서 일주

• 페드로 칼데론 데 라 바르카(Pedro Calderón de la Barca). 17세기 스페인의 극작가.

일에 두세 편씩 연극 무대를 올렸는데, 연극마다 페리촐레를 위한 길고 화려한 대사가 있었기에, 대사를 외우는 것만도 보통 일이 아니었다.

페루는 채 50년도 되지 않아 개척기에서 부흥기로 넘어갔고, 음악과 연극에 대한 사람들의 관심은 지대했다. 리마에서는 아침에는 빅토리아의 미사곡을 듣고 저녁에는 칼데론의 빛나는 시를 들으며 축제일을 기념했다. 리마 사람들이 더없이 절묘한 희극에도 하찮은 노래를 삽입하고, 더없이 엄숙한 음악에도 감상적인 효과를 섞는 버릇이 있는 것은 사실이었다. 그러나 적어도 자신들이 진정으로 좋아하는 것이 아닌 엉뚱한 것을 숭배하면서 따분해하는 일만큼은 결코 없었다. 그들이 영웅적 희극을 싫어했다면, 주저 없이 극장에 가지 않고 집에 머물렀을 것이다. 그들이 다성 음악에 관심이 없었다면, 기어코 더 일찍 시작하는 미사에 참석했을 것이다. 대주교가 짧은 스페인 여행에서 돌아왔을 때, 리마 사람들은 하나같이 물었다.

"주교님이 뭘 가져오셨대?"

마침내 그가 팔레스트리나, 모랄레스, 빅토리아의 미

사곡과 모테트의 악보들과 더불어 티르소 데 몰리나, 루이스 데 알라르콘, 모레토의 희곡 서른다섯 편을 가지고 돌아왔다는 소식이 널리 퍼졌다. 그에게 경의를 표하기 위한 시민 축제가 열렸다. 성가대 소년들의 학교와 극장의 배우 휴게실에는 선물로 들어온 각종 채소와 밀이 넘쳐났다. 온 세상이 아름다움을 해석하고 연출해 내는 사람들을 후원하느라 열심이었다.

이런 분위기 속에서 카밀라 페리촐레는 극장에서 점점 명성을 쌓아갔다. 레퍼토리가 워낙 풍부한데다, 대사 안내자의 도움도 믿을 만했기에, 한 시즌 동안 같은 연극이 네 번 이상 상연되는 일은 거의 없었다. 극장 지배인은 오늘날은 남아 있지 않은 작품을 포함하여, 스페인 연극의 전성기인 17세기 작품을 전부 끌어다 쓸 수 있었다. 페리촐레는 로페 데 베가의 작품만 해도 백 회 이상 등장했다. 이 시기에 감탄할 만한 여배우들이 리마에는 많았지만, 누구도 페리촐레를 능가할 순 없었다. 그녀는 스페인어권 전체에서도 최고의 여배우였지만, 스페인 극장들과는 너무 멀리 떨어져 있어 리마 시민들은 그 사실을 미처 알지 못했다. 그들은 자신들이 본 적 없는 마드리드의 스타들을 동경하며, 막연히 그들이 더 우수할 거라고 생각했다. 그러나 한 사람만큼은 페리촐레가 대단한 배우라는 것을 확실하게 알았다. 바로 그녀의 개인 교사인 피오 아저씨였다.

피오 아저씨는 카스티야 지방 명문가의 사생아로 태어났다. 열 살의 나이에 아버지의 대농장에서 마드리드로 달아났지만, 집에서는 그를 그다지 열심히 찾지 않았다. 이후 그는 자신의 기지로 그럭저럭 먹고살았다. 그는 모험가의 여섯 가지 자질을 갖추고 있었다. 타인의 얼굴과 이름은 기억하되 자기 얼굴과 이름은 바꾸는 능력, 타고난 말솜씨, 무궁무진한 독창성, 비밀주의, 낯선 사람과 대화하는 재능, 그리고 무위도식하는 부자들을 경멸하여 사기를 치면서도 양심의 가책을 느끼지 않는 마음까지.

그는 열 살부터 열다섯 살까지 상인들을 위해 광고전단을 배포하고, 말을 돌보고, 비밀 심부름을 했다. 열다섯부터 스무 살까지는 순회 서커스단에서 곰과 뱀을 훈련시키고, 요리를 하고, 이것저것 섞은 펀치 음료를 만들고, 비교적 값비싼 선술집 주변을 어슬렁거리며 여행객들의 귀에 정보를 속삭였다. 때로는 그 정보라는 것이, 어떤 귀족

가문이 식기류를 팔아야 할 정도로 몰락했으니, 은세공업자에게 비싼 값을 치르지 않고서도 식기를 마련할 수 있다는 수상쩍은 소문에 불과했다. 또한 그는 시내의 모든 극장에서 박수 부대로 동원되어 열 사람 몫의 박수를 쳤고, 험담을 퍼뜨리며 그 대가로 돈을 받았다. 농작물과 토지의 가격에 대한 소문을 팔기도 했다. 스무 살에서 서른 살 사이에는 그의 유용성이 상류사회에서 인정받았고, 정부가 그를 산간 지역으로 파견하여 소극적인 반란을 부추기게 하기도 했다. 그렇게 해놓고 정부가 적극적으로 반란을 진압하려는 것이었다. 그가 워낙 분별력 있었기 때문에 프랑스는 오스트리아도 그를 이용한다는 사실을 알면서도 그를 이용했다. 그는 위르생 공작부인*과 오랫동안 면담을 했지만, 매번 뒷계단으로만 드나들었다. 이 시기에는 더 이상 신사들의 쾌락을 주선하거나, 푼돈을 벌기 위해 험담을 퍼뜨리지 않아도 되었다.

피오 아저씨는 큰 수입을 올릴 수 있는 상황에서도 한 가지 일을 2주 이상 지속하지 않았다. 그는 마음만 먹었다

---

* 1701년부터 1714년까지 스페인 왕위 계승 전쟁 기간 동안 스페인에 엄청난 영향력을 행사한 프랑스의 귀족 여인.

면 서커스단 지배인이나 극장 책임자, 골동품 거래상, 이탈리아 실크 수입업자, 궁정이나 대성당의 비서관, 군수물자 거래상, 주택과 농장 투기꾼, 또는 쾌락에 빠진 방탕한 상인이 될 수 있었다. 그러나 어떤 사고 때문인지 아니면 어린 시절에 받은 영향 때문인지 모르지만, 그의 성격에는 무언가를 소유하거나 어딘가에 매이거나 오랜 계약에 묶이는 것을 꺼리는 성향이 뚜렷하게 새겨져 있었다. 그가 도둑질하지 않게 된 것도 바로 이런 특징 때문이었다. 몇 차례 물건을 훔쳐도 보았지만, 도둑질에서 얻은 소득보다 감옥에 갇히는 두려움이 더 컸다. 현장에서는 세상의 어떤 경찰도 따돌릴 만큼 기발한 재주가 있었지만, 적의 고자질까지 피할 도리는 없었다. 비슷한 맥락에서, 한번은 형편이 나빠져 이단 심문소를 위한 조사 일을 한 적이 있었다. 그러나 두건을 쓰고 끌려가는 희생자들을 보며, 어떤 활동을 할지 예측할 수 없는 기관에 연루되었다는 생각이 들었다.

스무 살이 가까워지면서, 피오 아저씨는 자신에게 세 가지 삶의 지향점이 있음을 분명히 인식하게 되었다. 첫번째는 다소 이상한 형태의 독립성이 필요하다는 것이었

다. 즉, 다채롭고 은밀하고 전지적인 존재가 되고 싶은 욕
망이었다. 그는 자신이 멀리서 사람들을 내려다볼 수 있
고 본인들보다 그들에 대해 더 잘 안다고 느낄 수만 있다
면, 공적인 삶에서의 명예와 지위 따위는 저버릴 용의가
있었다. 그리고 그런 지식이 가끔은 행동으로 이어져서
국가적, 개인적 문제에서 중요한 역할을 하기도 했다.

두 번째로, 그는 항상 미인들 가까이에 있고자 했으며,
좋은 의미에서든 나쁜 의미에서든 항상 미인들을 숭배했
다. 미인들 가까이에 있는 것이 그에게는 숨 쉬는 것만큼
꼭 필요한 일이었다. 이 같은 아름다움과 매력을 향한 숭
배는 누가 봐도 비웃을 만한 것이었지만, 극장과 궁정과
유흥업계의 여인들은 그의 심미안에 만족했다. 그들은 그
를 괴롭히고 모욕하면서도 조언을 구했고, 그가 보여주는
어이없을 정도의 헌신에서 묘한 위안을 얻었다. 그는 그
들의 분노와 심술과 은밀한 눈물을 다 받아 주었다. 그가
그 여인들에게 바라는 것이라고는 자신을 편하게 받아들
이고, 신뢰해 주고, 바보 같고 친근한 개처럼 자신들 방에
드나들게 해 주고, 그들의 편지를 대필하게 해 주는 것뿐
이었다. 그는 미인들의 마음에 대해 충족되지 않는 호기

심을 품고 있었다. 그렇지만 그들에게 사랑받으리라는 기대는(사랑이라는 단어의 다른 의미를 잠시 빌리자면) 언감생심 품지 않았다. 그런 목적을 위해서라면 돈을 챙겨서 더 후미진 곳을 찾아갔다. 볼품없는 콧수염과 턱수염, 우스꽝스럽게 크고 슬픈 눈. 그는 언제나 절망적일 정도로 매력이 없었다. 그 아름다운 여인들은 그의 담당 교구와 같았고, 그가 피오 아저씨라는 별명을 얻게 된 곳도 바로 그들로부터였다. 그의 존재감이 가장 크게 드러나는 때는 그들이 곤경에 처했을 때였다. 그들이 인기를 잃으면 그는 돈을 빌려주었고, 그들이 아프면 애정이 식어 가는 애인보다, 슬슬 짜증을 내는 하녀보다 더 오래 헌신을 보여주었다. 세월과 질병이 그들의 아름다움을 앗아가도, 그들이 아름다웠던 시절을 기억하며 여전히 도와주었고, 그들이 죽으면 진심으로 슬퍼하며 먼 길을 떠나는 그들을 최대한 멀리까지 배웅해 주었다.

그리고 세 번째로, 그는 스페인 문학과 걸작들, 특히 연극을 사랑하는 사람들과 가까이 지내기를 원했다. 그는 그런 보물들을 모두 혼자 힘으로 발견했고, 후원자들의 서재에서 빌리거나 훔쳐서, 은밀하게(말하자면 자신의 무모한 삶의 막후에서) 그것을 양식 삼아 살아갔다. 제아무리 학식이 높고 유능하고 대단한 사람이라도 칼데론과 세르반테스 작품에 드러난 경이로운 어순에 관심과 감탄을 보이지 않는다면, 그런 사람은 가차 없이 경멸했다. 게다가 문학에 대한 동경으로 직접 운문을 짓기도 했다. 그러나 자신이 지은 풍자적인 노래 중 상당 부분이 민속음악이 되어 대로를 따라 도처에 전파되었다는 사실은 결코 알지 못했다.

사창가에서 흔히 발생하는 싸움에 휘말려 스페인에서의 삶이 복잡해지자, 그는 페루로 이주했다. 페루의 피오 아저씨는 유럽의 피오 아저씨보다도 다재다능했다. 여기서도 그는 부동산과 서커스와 유흥업과 반란과 골동품에 손을 댔다. 한번은 중국의 범선 한 척이 바람에 휩쓸려 광둥에서 아메리카 대륙까지 표류한 적이 있었는데, 이때 그는 진홍색 도자기 꾸러미를 해변으로 끌고 올라와서 그 그릇들을 골동품 수집가에게 팔았다. 또한, 잉카인들의 특효약을 추적하여 영리하게 약 장사를 시작했다. 4개월도 안 되어 그는 사실상 리마에 사는 모든 사람을 알게 되었다. 그리고 곧 십여 곳에 이르는 해안 마을과 광산과 내륙

정착촌 거주자들까지 그의 지인 목록에 추가되었다. 처음에는 그저 모르는 게 없는 만물박사인 척했을 뿐이었지만, 점점 더 실제 그런 면모를 갖추게 되었다. 돈 안드레스 총독은 피오 아저씨가 풍부한 정보를 지닌 인물임을 파악하고, 많은 일에서 그를 고용했다. 판단력이 흐려진 와중에도 돈 안드레스는 한 가지 재능만큼은 잃지 않았다. 그는 심복을 다루는 기술의 귀재였고, 그에 걸맞게 피오 아저씨를 적당히 존중해 주며 요령 있게 잘 다뤘다. 그는 피오 아저씨에게 어떤 일을 부탁하면 안 되는지 알았고, 한 가지 일을 연이어 맡기는 대신 다양한 일을 번갈아 맡길 필요가 있다는 사실도 이해했다.

한편 피오 아저씨는 군주가 권력을 위해서든, 환상을 위해서든, 또는 순전히 다른 사람들의 운명을 좌지우지하는 즐거움을 위해서든, 자신의 지위를 거의 이용하지 않는 사실에 끊임없이 놀랐다. 그러나 그를 깊이 좋아하게 된 것은 자신의 주군이 세르반테스의 서문을 술술 인용할 수 있는 데다, 그의 말투에서 카스티야 지방 특유의 재치가 살짝 엿보이기 때문이었다. 이른 아침, 피오 아저씨는 총독의 신임을 받는 호위병이나 고해 신부 외에는 아무도 다니지 않는 회랑을 통해 총독궁으로 들어가, 총독과 마주 앉아 아침 초콜릿을 먹곤 했다.

그러나 이런 온갖 활동에도 불구하고, 피오 아저씨는 부자가 되지 못했다. 사업이 번성하려는 순간 그만두곤 했기 때문이라고, 사람들은 말할 것이다. 아무도 모르는 사실이었지만, 그는 집을 한 채 소유하고 있었다. 집에는 개들이 가득했는데, 새로 들이거나 증식한 개들로 그 수가 점점 많아졌다. 제일 위층은 새들을 위한 공간이었다. 그러나 이 왕국에서조차 그는 외로웠다. 그리고 그런 고독 속에 어떤 우월성이라도 있는 것처럼 자신의 외로움에서 긍지를 느꼈다. 그러다 마침내 그는 하늘에서 내려준 이상한 선물 같은 기회를 우연히 만난다. 그의 세 가지 삶의 지향점, 즉 다른 사람들의 삶을 지켜보는 것에 대한 열정, 미인에 대한 숭배, 그리고 스페인 문학의 보물들에 대한 동경을 동시에 아우를 수 있는 기회였다. 바로 카밀라 페리촐레를 발견한 것이다.

그녀의 진짜 이름은 미카엘라 비예가스였다. 그녀는 열두 살의 나이에 한 카페에서 노래를 불렀는데, 피오 아저씨는 그 카페의 터줏대감이었다. 그는 기타 연주자들 사이에 끼어 앉아서, 이 볼품없는 소녀가 노련한 이전 세대 가수들의 온갖 억양을 흉내 내며 유행가를 노래하는 모습을 지켜보았다. 그리고 그러는 동안, 마음속에서 자신이 피그말리온* 노릇을 해야겠다는 결심이 섰다. 그는 돈을 치르고 소녀를 샀다. 소녀는 포도주 저장고에 갇혀 자는 대신 그의 집에 있는 간이침대 하나를 차지하게 되었다. 그는 소녀에게 노래를 써 주고, 자기 목소리의 특성에 귀 기울이는 법을 가르쳐 주었고, 새 옷을 사 주었다. 처음에 그녀는 그저 매를 맞지 않고 뜨거운 수프를 먹을 수 있고 뭔가를 배운다는 것이 좋기만 했다. 그러나 정말로 감탄하고 놀란 쪽은 피오 아저씨였다. 즉흥적으로 시작된 그의 실험은 예상을 뛰어넘을 정도로 성공적이었다. 말이 없고 늘 조금은 뚱해 보이는 이 열두 살짜리 어린 소녀는 무섭게 일에 몰두했다. 피오 아저씨는 끝없이 연기와 흉내 내기 연습을 시켰다. 또한 음악의 분위기를 전달하는 데 있어 그녀가 지닌 문제점을 지적해 주었다. 그녀

• 그리스 신화에 나오는 키프로스의 조각가. 자신의 이상형을 직접 조각하고 그 조각상을 깊이 사랑하여 아프로디테 여신에게 간절히 기도한 결과, 조각상이 실제 인간 여인으로 변해 사랑의 결실을 맺는다.

를 극장에 데리고 다니며, 연기의 모든 세세한 부분을 볼 수 있게 했다. 그러나 그가 가장 큰 충격을 받은 것은 여자로서 카밀라였다. 마침내 긴 팔다리가 어우러져 완벽하게 우아한 몸매로 완성되었다. 조금은 기괴하고 굶주려 보였던 얼굴은 아름다운 모습으로 탈바꿈했다. 성격 자체도 부드럽고 신비롭고 묘하게 현명해졌다. 이 모든 것이 그의 덕이었다. 그녀는 그에게서 흠을 찾을 수 없었고, 흔들림 없이 충성을 다했다. 그들은 서로를 깊이 사랑했지만, 애욕의 관계는 아니었다. 그는 자신이 가까이 다가갈 때 그녀의 얼굴에 살짝 어리는 불안의 흔적을 존중했다. 그러나 이처럼 애욕을 부정하는 것 자체에서 애틋한 애정의 향기가 피어올랐다. 그것은 가장 예상하지 못한 관계에 숨어있는 희미한 열정의 그림자 같은 것이었다. 그런 열정은 시종일관 권태로운 의무에 바쳐진 일생마저도 달콤한 꿈처럼 지나가게 만들 수 있었다.

그들은 이곳저곳을 떠돌며 새로운 여관을 찾았다. 카페 가수로서 가장 큰 무기는 바로 참신함이기 때문이었다. 그들은 요상한 옷들을 똑같은 숄에 싸서 멕시코로 가기도 했다. 해변에서 잠을 자고 파나마에서 채찍질을 당하기도 했다. 새똥이 회반죽처럼 덕지덕지 붙어 있는 작은 태평양 섬에 난파된 적도 있었다. 때로는 밀림에서 뱀과 딱정벌레 사이로 조심스럽게 발을 피하며 걸었다. 형편이 어려울 때는 계절 일꾼이 되어 농작물 수확을 도왔다. 세상에서 그들에게 크게 놀라울 일은 없었다.

그런 뒤 카밀라에게 더욱 힘든 훈련 과정이 시작되었다. 곡예사 준비 과정을 방불케 하는 운동과 식이요법이었다. 그녀의 인기가 급속하게 치솟는 바람에 교육이 조금 복잡해졌다. 게다가 그녀에게 쏟아지는 박수갈채는 그녀가 너무 빨리 자신의 성취에 안주하도록 만들 위험이 있었다. 피오 아저씨는 손찌검을 한 적이 없지만, 대신 빈정거리는 말로 그녀를 두려움에 떨게 했다.

공연이 끝나고 카밀라가 분장실로 돌아오면 피오 아저씨는 한쪽 구석에서 태연하게 휘파람을 불고 있었다. 그녀는 즉시 그의 태도가 어떤 의미인지 직감하고 발끈해서 소리쳤다.

"지금 그게 무슨 의미죠? 세상에 맙소사. 세상에 맙소사. 지금 그게 무슨 의미냐고요?"

"아무것도 아니야, 작은 진주. 나의 카밀라. 아무것도 아냐."

"뭔가 마음에 안 드는 게 있는 거잖아요. 아저씨는 못생긴 트집쟁이예요. 어서 말해 봐요. 뭐가 문제였죠? 봐요. 난 준비됐어요."

"아니야. 사랑스러운 샛별. 넌 네가 할 수 있는 만큼 했어."

이처럼 자신이 예술가로서 한계가 있으며 특별한 재능이 자신에게는 영원히 허락되지 않을 것이라는 암시는 어김없이 카밀라를 미치게 만들었다. 그녀는 울음을 터뜨렸다.

"아저씨를 몰랐으면 좋았을 거예요. 아저씨는 내 인생에 독이에요. 아저씨는 항상 내 연기가 형편없다고 생각하죠. 내 연기가 형편없다고 주장하며 내심 즐거워하는 거잖아요. 그럼 됐어요. 그냥 조용히 계세요."

피오 아저씨가 또 휘파람을 불었다.

"사실 오늘 밤은 내가 좀 부족했다는 거 아니까, 굳이 말해줄 필요 없어요. 그러니 그만해요. 이제 나가세요. 아저씨가 얼쩡거리는 거 보고 싶지 않아요. 분장실에 돌아와서 이런 아저씨 모습을 보지 않더라도, 그 역할을 연기하는 것만으로 충분히 힘들단 말이에요."

갑자기 피오 아저씨가 몸을 앞으로 기울이며, 화가 난 듯 언성을 높이며 물었다.

"죄수에게 말하는 장면에서 왜 그렇게 말을 빨리 한 거냐?"

페리촐레는 더 많은 눈물을 쏟았다.

"하느님, 맙소사! 날 그냥 좀 내버려둬요! 어느 날은 나에게 빨리 말하라고 하고 또 어느 날은 천천히 말하라고 하시네요. 어차피 머지 않아 나는 미쳐버릴 테니, 그런 것 따윈 중요하지 않겠죠."

그가 또 휘파람을 불었다.

"게다가 관객들은 그 어느 때보다 많은 박수갈채를 보냈어요. 제 말 듣는 거예요? 그 어느 때보다 많이요. 이봐요! 대사를 빠르게 말하거나 느리게 말하는 건 관객에겐 하나도 안 중요해요. 관객은 눈물을 흘렸어요. 난 훌륭했고요. 내게 중요한 건 그것뿐이에요. 이제 아무 말 마세요. 아무 말 말라고요."

그는 정말 아무 말도 하지 않았다.

"내 머리를 빗질해 줘도 좋지만 한마디만 더 하면 다시는 공연을 하지 않을 거예요. 다른 여자애를 찾아 봐야 할 거라고요. 두말할 필요도 없어요."

말이 끝나자마자 피오 아저씨는 10분간 그녀의 머리를 부드럽게 빗질했고, 그동안 그녀가 몸을 떨며 흐느끼는 것을 못 본 척했다. 마침내 그녀는 휙 돌아서 그의 한 손을 잡고 미친 듯 입을 맞추었다.

"피오 아저씨, 내가 그렇게 형편없었나요? 내가 아저씨에게 치욕이었어요? 아저씨가 도중에 극장을 나가 버릴 만큼 끔찍했어요?"

긴 침묵 뒤에 피오 아저씨는 현명하게 인정해 주었다.

"배 위에서의 장면은 참 잘했어."

"그래도 전보다 나아졌잖아요. 피오 아저씨, 쿠스코에서 돌아왔던 날 밤 기억나요?"

"마지막 부분은 꽤 잘했어."

"그래요?"

"하지만 나의 꽃, 나의 진주. 죄수에게 말할 때는 뭐가 문제였던 거야?"

여기서 페리촐레는 머릿기름이 묻은 탁자에 별안간 엎드려 발작적으로 흐느끼기 시작했다. 오직 완벽만이 답이었다. 오직 완벽만이. 그리고 단 한 번도 완벽한 적이 없었다.

그러자 피오 아저씨가 나지막한 목소리로 이야기를 시작해, 한 시간 동안 연극을 분석하고 목소리와 몸동작과 대사 속도에 관한 섬세한 세계로 넘어갔다. 그러다가 두 사람은 동이 틀 때까지 그곳에 남아 칼데론의 위풍당당한 대사를 서로에게 읊곤 했다.

도대체 이 두 사람은 누구를 만족시키려고 이러는 거였을까? 리마의 관객들? 아니, 그들은 이미 오래전부터 만족하고 있었다. 우리는 놀라운 수준의 훌륭한 것들이 존재하는 세계에서 와서, 우리가 다시 경험하지 못할 아름다움을 희미하게 기억한 채 살다가, 다시 그 세계로 돌아간다. 피오 아저씨와 카밀라 페리촐레는 그들보다 앞서 칼데론이 스페인에서 그랬던 것처럼, 천상계 수준의 연극을 페루에서 일궈내려고 스스로를 고문하고 있었다. 걸작이 목표로 하는 대중은 이 땅에 존재하지 않는다.

시간이 흐르면서, 카밀라는 예술에 대한 이런 열정을 조금씩 잃어갔다. 그리고 연기에 대한 환멸까지 느끼면서 점점 나태해졌다. 그녀가 그렇게 된 것은 스페인 고전극이 전반적으로 여성 배역에 크게 관심을 두지 않았기 때문이다. 이 시기에 영국과 프랑스(조금 나중에는 베니스)의 극작가들은 궁전 주변에 모여 여성들의 재치와 매력, 열정과 히스테리를 연구함으로써 여성 배역을 풍부하게 했다. 그러나 스페인의 극작가들은 여전히 남자 주인공들, 즉 상충되는 명예의 요구들 사이에서 갈등하거나 죄를 저지르고 마지막 순간 십자가로 돌아가는 영웅과 신사에게만 집중했다.

여러 해 동안 피오 아저씨는 페리촐레가 자신의 배역에 관심을 갖게 만들 방법을 찾기 위해 전력을 다했다. 한번은 카밀라에게 비코 데 바레라의 손녀가 페루에 왔다고 알렸다. 피오 아저씨는 오래전부터 카밀라에게 위대한 시인들에 대한 존경심을 표현했고, 그래서 카밀라는 위대한 시인이 왕보다 조금 더 높은 위치에 있고 성직자보다 아래에 있지 않다는 견해에 추호의 의심도 품지 않았다. 그래서 두 사람이 그 거장의 작품 중 하나를 선택해 그의 손녀 앞에서 공연한다는 사실에 흥분을 감추지 못했다. 그들은 때로는 창조의 기쁨을 느끼고 때로는 좌절하며, 그 시를 백 번은 연습했다. 공연 당일 밤 카밀라는 커튼 사이로 객석을 내다보며 비코 데 바레라의 손녀가 누구인지 물었고, 그러자 피오 아저씨가 작은 중년 여인을 손가락으로 가리켰다. 궁핍한 살림을 꾸려가고 대가족을 돌보느라 몹시 지쳐 보이는 모습이었지만, 카밀라에게는 세상에서 가장 아름답고 우아한 여인으로 보였다. 자신이 입장할 순서를 기다리는 동안, 그녀는 존경심에 아무 말 못하고 쿵쾅거리는 가슴으로 피오 아저씨에게 꼭 달라붙어 있었다. 막간에는 아무도 자신을 찾지 않을 먼지 쌓인 창고 한 귀퉁이에 숨어서 창고의 구석구석을 물끄러미 바라보며 앉아 있었다. 공연이 끝나자 피오 아저씨는 비코 데 바레라의 손녀를 카밀라의 분장실로 데려왔다. 카밀라는 밀려오는 행복감과 부끄러움을 주체하지 못하고, 벽에 걸린 의상들 사이에 서서 울음을 터뜨렸다. 그러다가 마침내 불쑥 무릎을 꿇고 그 나이 든 여인의 손에 입을 맞추었고, 나이 든 여인도 카밀라의 손에 입을 맞추었다. 그리고 관객들이 집으로 돌아가 잠자리에 들 시간까지, 이 방문객은 그대로 남아서 가족이 기억하는 비코의 작품과 습관에 대한 소소한 이야기들을 카밀라에게 들려 주었다.

새로운 여배우가 극단에 들어올 때가 피오 아저씨에게

는 가장 행복한 순간이었다. 바로 옆에서 새로운 인재를 발견할 때마다, 페리촐레는 어김없이 자극을 받아 분발했기 때문이다. 피오 아저씨가 기쁨과 악의를 동시에 느끼며 몸을 잔뜩 웅크린 채 객석 뒤에 서 있을 때, 페리촐레의 몸은 강렬한 빛을 뿜어내는 설화석고 램프처럼 보였다. 지나친 기교나 과장에 의존하지 않고, 그녀는 무대 위에서 신인 배우의 존재감을 지우기 위해 열심히 노력했다. 희극 공연에서는 그야말로 재치의 화신이 되었고, (더 많은 경우) 학대받는 여성과 무자비한 증오를 다루는 비극 공연에서는 그녀가 뿜어내는 감정의 열기로 무대가 이글이글 타오를 것만 같았다. 그녀는 전기처럼 강렬한 매력을 뿜어내서, 그녀의 손이 남자 배우의 손에 닿기만 해도 관객들은 감정 이입이 되어 온몸에 전율을 느꼈다. 그러나 그런 훌륭한 연기의 빈도는 점점 줄어들었다. 기술이 숙달될수록 성실성은 덜 필요해졌다. 그녀가 얼이 빠져 있어도 관객들은 그 차이를 알아차리지 못했다. 오직 피오 아저씨만 슬퍼할 뿐이었다.

카밀라의 얼굴은 매우 아름다웠다. 아니, 정확히 말하면 가만히 쉬고 있을 때를 제외하고 아름다웠다. 가만히 쉬고 있을 때의 그녀를 본 사람들은 너무 길고 얇은 코와 조금 유치하고 피곤해 보이는 입, 불만이 가득한 듯한 눈에 깜짝 놀라곤 했다. 마치 자신의 예술과 욕망과 꿈과 복잡한 일상의 요구들 사이에서 균형을 잡지 못하고 허우적대는, 노래하는 카페에서 데려온 추레한 시골 소녀 같은 모습이었다. 이런 요구들 하나하나가 그 자체로 간과할 수 없는 하나의 세계였고, 만약 신체가 덜 강인한 사람이었다면 그런 요구들 사이의 전쟁 같은 줄타기를 감당하지 못해 어리석고 하찮은 사람으로 전락했을 것이다. 우리가 앞서 본 것처럼, 페리촐레는 자신의 배역에 만족하지 못하면서도 연기에 내재된 즐거움을 아주 잘 알았고, 때로는 그런 불꽃 속에서 마음을 녹이곤 했다. 그러나 그녀는 연기보다 사랑의 열정에 더 자주 이끌렸다. 그렇다고 연애가 더 큰 행복을 보장해 준 것은 아니었다. 제우스와 같은 남자가 그녀에게 진주를 보내주기 전까지는 말이다.

페루 총독 돈 안드레스 테 리베라는 한때 유쾌한 남자였다. 그러나 식탁과 골방, 높은 지위, 10년간의 타향살이로 삶이 망가져서 이제 예전의 유쾌함은 거의 사라지고 그 흔적만 겨우 남아 있었다. 젊은 시절 그는 베르사유와 로마 대사로 활동했다. 오스트리아에서 발발한 전쟁에서 싸우기도 했으며, 예루살렘에 간 적도 있었다. 그는 재력이 대단한 여성과 결혼했으나 자식 하나 없이 홀아비가 되었고, 취미로 약간의 동전과 술, 여배우, 훈장, 지도 따위를 수집했다. 그는 허구한 날 식탁에 앉아 식도락에 탐닉하다가 통풍이 생겼고, 종일 골방에 틀어박혀 지내다가 경련 증상이 생겼다. 높은 지위로 인해 유치할 만큼 강한 오만함이 생겨, 자신에게 누가 무슨 말을 하건 좀처럼 듣지 않고 천장에 대고 연신 독백만 하곤 했다. 또한 타향살이로 인해 무한한 권태를 얻었다. 고통이라고 느껴질 만큼 강력한 권태였다. 그는 권태 속에 깨어나 권태 속에 하루를 보냈고, 잠을 잘 때도 권태는 밤새 그의 침대 옆에 앉아 그를 지켜보았다.

카밀라는 몇 년 동안 극장의 고된 일과 속에서 몇 차례 단정치 못한 연애만 즐기던 중이었다. 그러던 어느 날, 이 그리스 신화에 등장할 법한 인물(그는 연극에서 신이나 영웅 역할을 하기에 적합한 얼굴과 풍채를 갖추고 있었다)이 느닷없이 그녀를 최고의 진미가 차려진 총독궁의 심야 만찬에 초대했다. 배우와 통치자라는 전통적인 신분의 벽을 넘어, 그녀는 자신을 찬미하는 이 나이 든 남자를 좋아하게 되었고, 자신이 영원히 행복할 거라고 생각했다. 돈 안드레스는 페리촐레에게 많은 것을 가르쳤고, 총명하고 열성적인 그녀는 그런 가르침을 사랑의 가장 달콤한 요소로 받아들였다. 그는 약간의 프랑스어를 가르쳤고, 단정하고 깔끔하게 몸가짐을 유지하는 법, 그리고 세련된 화법도 가르쳤다. 한편 피오 아저씨는 중요한 행사에서 귀부인들이 어떻게 행동하는지, 그리고 그들이 어떤 식으로 휴식을 취하는지 가르쳤다. 페리촐레는 피오 아저씨와 칼데론을 통해 아름다운 스페인어를 익혔고, 돈 안드레스를 통해 엘부엔 레티로°에서 통용되는 재치 있는 속어에 익숙해졌다.

피오 아저씨는 총독궁에서 카밀라를 초대한 것이 불안했다. 전처럼 그냥 그녀가 극장 창고에서 시시하고 천박한 연애나 즐기는 편이 차라리 낫겠다 싶었다. 그러나 총독을 만난 뒤 그녀의 연기에 전에 없던 세련미가 더해

• 스페인 마드리드에 있는 펠리페 4세의 왕궁으로, 현재는 공원으로 이용된다.

지는 것을 보자 무척 만족스러웠다. 페리촐레는 극작가들의 단골 소재인 상류 사회에 자신이 자주 드나들고 있다는 것을 관객들에게 은근히 드러냈다. 극장 뒤편에 앉은 피오 아저씨는 그 모습을 지켜보며 신이 나서 엉덩이를 들썩였다. 그녀는 와인잔을 손가락으로 매만질 때, 작별 인사를 나눌 때, 문으로 들어갈 때 예전과 다른 자태를 보여 주었고, 그런 자태 자체가 모든 것을 말해 주었다. 피오 아저씨에게는 다른 무엇도 중요하지 않았다. 스페인 걸작을 제대로 구현해 내는 아름다운 여인보다 사랑스러운 것이 이 세상 어디에 있겠는가? 그녀는 작품 원문을 아름다운 목소리로 전달했다. 그리고 그 모든 것을 흠잡을 데 없는 몸가짐과 개인적인 아름다움과 거부할 수 없는 매력으로 표현했다. 대사를 말할 때는 단어와 단어 사이의 간격 자체로 인생과 원문에 대한 통찰력 가득한 해석을 드러냈다.

피오 아저씨는 혼잣말로 중얼거리곤 했다.

"이제 이 놀라운 배우를 스페인으로 데려갈 준비가 거의 다 됐군."

그리고 공연이 끝나면 그녀의 분장실로 가서 "아주 좋

아!"라고 말하곤 했다. 그러나 분장실을 나가기 전에 그녀에게 퀼른의 처녀 11,000명의 이름으로* 묻겠다며, '엑셀렌시아(훌륭함)'라는 단어를 그처럼 가식적으로 말하는 법을 대체 어디서 배운 거냐고 기어이 지적하고야 말았다.

얼마 후 총독은 페리촐레에게 심야 만찬에 점잖은 손님 몇 명을 초대하는 것이 그녀를 즐겁게 할 수 있을지 물었다. 대주교를 만나고 싶냐고도 물었다. 카밀라는 기뻐했다. 대주교도 기뻐했다. 첫 만남 전날, 대주교는 여배우에게 트럼프 카드만큼이나 큼직한 에메랄드 펜던트를 보냈다.

리마에는 엄청난 면적의 자주색 새틴 천을 온몸에 휘감고, 마치 부종으로 부어오른 듯한 거대한 머리와 피둥피둥한 진주빛 두 손만 내밀고 다니는 기괴한 존재가 있었다. 바로 대주교였다. 주변의 살덩어리들 사이로, 불편함과 온화함과 재치가 동시에 엿보이는 까만 두 눈이 밖을 내다보고 있었다. 이 비계 덩어리 안에는 호기심 많고

* 성녀 우르술라를 따라 순례를 떠났다가 돌아오는 길에 훈족에게 잡혀 살해되었다는 전설이 있다. 여기서는 '신의 이름으로' 정도의 의미라고 해석하고 번역했다.

열정적인 영혼이 갇혀 있었다. 그러나 꿩고기나 거위 고기를 결코 거절하는 법이 없는 데다, 매일같이 로마산 와인을 즐겨 마셨던 그는 스스로를 가둔 가혹한 간수가 되고 말았다. 그는 자신의 성당을 사랑했고, 자신의 직무를 사랑했으며, 매우 신앙심이 깊었다. 때로는 자신의 육중한 몸을 바라보며 한탄하기도 했지만, 후회의 괴로움이 절식의 괴로움보다는 훨씬 덜 심했다. 그래서 언제 그랬냐는 듯 구운 요리가 그 뒤에 나올 샐러드에게 비밀 편지를 보내는 모습을 상상하는 자신을 발견했다. 그리고 그런 자신을 벌주기 위해, 다른 면에서는 항상 모범적인 삶을 살았다.

그는 고전이란 고전은 빠짐없이 읽었지만, 매력적이라든가 실망스럽다든가 하는 전반적인 느낌을 제외하면 모든 것을 싹 잊었다. 교부 회의와 공의회에서도 많은 것을 배웠지만, 페루와 관련 없는 의견 충돌에 대한 어렴풋한 인상을 제외하면 모든 것을 잊었다. 또한 이탈리아와 프랑스의 자유주의적 걸작들을 죄다 읽은 것은 물론이고, 해마다 다시 읽었다. 결석의 고통 속에서도(다행히 산타 마리아 데 클루삼부쿠아의 샘물을 마심으로써 용해되었다), 그는 브랑톰*의 일화와 아레티노**의 훌륭한 작품보다 더 자양분이 되는 것을 발견하지 못했다.

대주교는 페루의 사제들이 대부분 불한당 같다는 것을 알고 있었다. 그가 이에 대해 어떤 행동을 취하려는 욕구를 억누르기 위해서는 미묘한 에피쿠로스적 교육이 필요했다. 그는 자신이 가장 좋아하는 생각들을 혼잣말로 계속 되뇌어야 했다.

세상의 부당함과 불행은 불변의 것이다.
진보 이론은 망상이다.
가난한 사람들은 행복을 모르기에 불행에도 둔감하다.

모든 부자들이 그러하듯, 그는 가난한 사람들이 진정으로 고통을 느낄 수 있다고 믿지 않았다(그들의 집과 그들의 옷차림을 보고도 그런 생각이 드는지). 모든 교양 있는 사람들이 그러하듯, 광범위한 독서를 한 사람들만이 자신이 불행하다는 사실을 알 수 있다고 믿었다.

* 16세기 중반에서 17세기 초반에 활동한 프랑스 군인이자 회상록 작가.
** 16세기에 활동한 이탈리아의 시인이자 소설가.

한번은 대주교의 관할 구역에서 벌어진 부정행위가 그의 눈에 들어왔는데, 이에 대해 거의 어떤 조치를 취할 뻔했다. 페루에서 사제들이 신도들의 죄를 사해 주는 대가로, 가벼운 죄에 대해서는 곡식 두 되, 무거운 죄에 대해서는 다섯 되를 받는 것이 관례처럼 되었다는 얘기를 들은 것이다. 그는 분노로 몸을 떨면서 소리치며 비서에게 필기도구를 가져오게 했다. 그러고는 자신이 거느리는 목자들에게 보낼 강력한 메시지를 불러줄 테니 받아 적으라고 했다. 그런데 잉크통에 잉크가 남아 있지 않았다. 옆방에도 남은 잉크가 없었다. 관저 전체를 뒤져도 잉크를 찾을 수 없었고, 이런 한심한 관저의 상황에 화가 치밀어 올랐다. 결국 이 선량한 사람은 분노에 분노가 겹쳐 병이 나고 말았고, 분노로부터 스스로를 지키는 법은 배우게 되었다.

대주교를 만찬에 초대한 것은 대성공이었고, 그래서 돈 안드레스는 새로운 이름들을 떠올리기 시작했다. 점점 피오 아저씨에 대한 의존도가 높아졌지만, 일단 카밀라가 그를 합석시키자고 먼저 제안할 때까지 기다렸다. 그리고 머지않아 피오 아저씨가 바다의 사냥꾼 알바라도 선장을 데려왔다. 대체로 이 모임은 카밀라가 극장 공연을 마치고 합류하기 몇 시간 전부터 진행되었다. 그녀는 새벽 한 시가 가까워질 무렵 보석으로 치장한 빛나는 모습으로, 그리고 아주 피곤한 상태로 도착했다. 네 남자는 위대한 여왕을 맞이하듯 그녀를 맞았다.

한 시간 정도는 그녀가 대화를 주도했지만, 시간이 더 흐르면 돈 안드레스의 어깨에 몸을 기댄 채 이야기가 한 익살스러운 주름진 얼굴에서 다른 익살스러운 주름진 얼굴로 넘어가는 것을 가만히 뒤쫓기만 했다. 그들은 밤새도록 이야기를 나누며 스페인을 향한 그리움을 남몰래 달랬고, 그런 토론회가 고매한 스페인의 정신을 추구하는 것이라고 스스로를 위로했다. 그들은 유령과 예지 능력에 대해 이야기했고, 인간이 나타나기 전의 지구에 대해, 행성이 서로 충돌할 가능성에 대해, 죽는 순간 영혼이 마치 비둘기처럼 파닥거리며 날아가는 것을 볼 수 있는지에 대해 이야기했다. 또 예수가 예루살렘에 재림한다면 그 소식이 페루에 닿기까지 얼마나 시간이 걸릴지에 대해 이야기했다. 그들은 해가 떠오를 때까지 전쟁과 왕에 대해, 시인과 학자에 대해, 그리고 이상한 나라들에 대해 이야기했다. 저마다 지혜가 담긴 슬픈 일화와 인류에 대한 무미건조한 애석함을 대화에 쏟아 넣었다. 그러다 보면 어느덧 범람하는 물결 같은 황금빛 햇살이 안데스 산맥을 물들였다. 그 햇살은 커다란 유리창을 통해 안으로 들어와 식탁 위에 쌓인 과일과 얼룩진 식탁보, 그리고 보호자의 팔에 기대어 잠든 페리촐레의 생각에 잠긴 듯한 사랑스러운 이마 위에 내려앉았다. 그러면 긴 침묵이 뒤따르곤 했다. 누구도 먼저 자리를 뜨고 싶어 하지 않았고, 그들의 시선은 모두 그들 사이에 살고 있는 이 아름답고 묘한 아가씨에 머물렀다. 사실 피오 아저씨의 시선은 밤새 그녀를 향해 있었다. 애정과 걱정이 가득한 그의 까만 눈동자는 자기 인생의 가장 큰 비밀이자 삶의 이유 위에 시시때때로 머물렀다.

따지고 보면 피오 아저씨는 카밀라에게서 눈을 뗀 적이 없었다. 그는 세상 사람들을 두 부류로 나누었다. 사랑을 해 본 사람과 해 보지 못한 사람이었다. 그것은 지독한 오만이었다. 사랑할 능력이 없는 사람들(더 정확하게는 사랑의 고통을 느낄 능력이 없는 사람들)은 살아 있다고 말할 수 없고, 사후에도 다시 살지 못할 것이 분명하다고 주장하는 것이니 말이다. 그런 사람들은 세상을 무의미한 웃음과 눈물과 잡담으로 채우다가 여전히 사랑스럽지만 허망한 모습으로 흔적도 없이 사라지는 일종의 허수아비였다. 이런 구분을 위해, 그는 사랑에 관한 나름의 정의를 내렸다. 그것은 다른 어떤 정의와도 달랐고, 그의 특이한 삶에 내재된 모든 신랄함과 자부심이 집약된 것이었다. 그는 사랑을 일종의 잔인한 열병으로 보았는데, 선택받은 사람은 청소년기 후반에 통과의례처럼 그 열병을 앓게 된다. 그런 뒤 비록 창백하고 지친 모습이지만, 일상생활을 감당할 준비가 된 채로 나타난다. 다행히도 이 병에서 회복된 사람들은 꽤 많은 실수를 더는 범하지 않게 된다(고 그는 믿었다). 물론 그들도 여전히 많은 잘못을 저지를 수 있지만, 적어도(많은 실제 사례에서 볼 수 있듯이) 그저 시종일관 쾌활함을 유지하는 게 올바른 처신의 전부라고 오해하지는 않는다. 그리고 다시는, 군주에서 하인에 이르기까지 누구도 그저 기계적인 대상으로 보지 않게 된다. 피오 아저씨는 카밀라가 이런 통과의례를 겪지 않았다고 여겼기에, 카밀라에게서 눈을 떼지 않았던 것이다. 그녀가 총독을 만나기 시작한 뒤 몇 개월 동안 그는 숨죽인 채 기다렸다. 숨죽인 기다림의 시간은 몇 년간 이어졌다. 카밀라는 총독에게 세 아이를 안겨 주었지만, 여전히 변한 건 없었다. 그녀가 진정으로 사랑의 세계에 입문했음을 보여주는 첫 번째 징후는 특정한 부분에서 연기가 완벽해지는 것이라고 그는 확신했다. 희곡에는 그녀가 언젠가는 더 단순하고 쉽게 이해하게 될 몇몇 구절이 있었다. 그리고 그런 이해는 그녀의 가슴에 풍부한 지혜가 새롭게 깃들었음을 암시하기 때문에, 그 순간 그녀는 비밀스러운 기쁨을 느끼게 될 터였다. 그런데 지금 그녀가 그런 구절들을 처리하는 방식은 부끄러울 정도는 아니어도 오히려 점점 조잡해지는 경향이 있었다. 피오 아저씨는 그녀가 돈 안드레스에게 싫증이 나서, 또다시 배우와 투우사, 마을 상인들과 은밀한 연애를 이어가고 있음을 이내 눈치챘다.

그녀는 무대에서 연기하는 게 점점 더 견디기 어려웠고, 마음속에는 또 다른 기생충이 파고들었다. 그녀는 귀부인 행세를 하고 싶었다. 서서히 존경받고 싶다는 허영에 빠졌고, 연기를 취미라고 말하기 시작했다. 입주 가정교사와 하인을 들이고, 상류층이 참석하는 미사 시간에 맞춰 성당에 갔다. 대학에서 열리는 우등생 시상식에 참

석하는가 하면, 대규모 자선 행사의 기부자로 등장하기도
했다. 심지어 조금씩 읽고 쓰는 법까지 익히게 되었다. 누
군가 자신을 딴따라라며 차별하는 기색을 조금이라도 보
이면 불같이 분노하며 대들었다. 양보를 받아 내려는 집
착과 특권을 빼앗으려는 욕망이 갈수록 심해져 총독의 삶
은 끔찍해졌다. 묵은 악덕을 새로운 악덕이 대체했고, 요
란스럽게 고결한 척을 했다. 그녀는 없는 부모와 사촌을
만들어 냈다. 게다가 증거 자료도 없이 자기 자식들을 적
자로 만들었다. 그런가 하면 사교계에서 대단한 귀부인들
이나 할 법한 방식으로, 고상하고 점잖게 막달라 마리아
의 참회 정신을 떠받드는 문화를 구축했다. 가끔 성질을
부리거나 남몰래 데카르트의 저서를 홀끔거린 것 외에는
회개할 것이 없는 귀부인들과 나란히 촛불을 들고 속죄의
행렬에 함께하기도 했다. 그녀의 죄는 연기를 했다는 것
이었다. 그러나 성 젤라시오, 성 제네시오, 안티오키아의
성 마가렛, 성 펠라지아 등 나중에 성자가 된 배우들도 있
다는 건 누구나 아는 사실이다.

산타 마리아 데 클루삼부쿠아에서 멀지 않은 언덕 위
에 인기 있는 온천장이 있었다. 돈 안드레스는 프랑스를

여행하다가 비시라는 휴양지를 보고는 그곳의 축소판을 페루에 건설해야겠다고 생각했다. 이곳에는 탑, 몇 개의 응접실, 극장, 작은 투우 경기장, 그리고 프랑스식 정원이 조성되어 있었다. 카밀라는 건강에 먹구름이 낀 적이 없었지만, 그 근처에 저택을 짓고는 열한 시가 되면 역겨운 맛이 나는 물을 홀짝였다. 몬테마요 후작 부인은 이 희극 오페라 같은 낙원에 대한 훌륭한 묘사를 남겼다. 거기에는 신처럼 군림하는 저택 여주인이 극도로 예민한 모습으로 조개껍데기를 빻아 깔아 놓은 산책로를 걸어 다닌다는 내용도 포함되어 있었다. 모든 사람이 행여 총독의 심기를 건드릴까 무서워 그녀에게 경의를 표한다고도 했다.

또한, 도냐 마리아는 위풍당당하지만 따분해 보이는 통치자에 대해서도 묘사하는데, 그가 에스코리알 수도원을 하나 더 지을 만한 돈을 걸고 밤새 도박을 한다고 했다. 그리고 그 옆에 그와 카밀라 사이에 둔 아들, 돈 하이메에 대한 묘사도 나란히 배치한다. 일곱 살인 돈 하이메는 구루병을 앓는 작은 몸집의 소년이었는데, 어머니의 이마와 눈뿐 아니라 아버지의 경련 증상까지 물려받은 것으로 보였다. 소년은 동물을 연상시키는 어리둥절한 모습으로 묵묵히 고통을 참았고, 동물과 마찬가지로 사람들 앞에서 그런 증상이 발생하면 죽을 만큼 부끄러워했다. 하지만 하이메는 막상 사람들 앞에 나타나면 사소한 동정 따위는 잠잠해질 만큼 미소년이었다. 게다가 자신의 장애에 대해 오래 사색한 덕에 그의 얼굴에서는 나이답지 않은 인내심과 놀라운 품위까지 느껴졌다. 소년의 어머니는 아들에게 심홍색 벨벳 옷을 입혔다. 하이메는 가능하면 어머니와 몇 미터 거리를 두고 뒤따라갔고, 그럼으로써 자신을 대화에 끌어들여 붙들어 두려는 귀부인들에게서 자연스럽게 벗어났다. 카밀라는 돈 하이메에게 짜증을 내는 법이 없었고 대놓고 감정을 표현하지도 않았다. 화창한 날이면 두 모자가 인공으로 조성된 계단식 정원을 말없이 걷고 있는 모습이 종종 눈에 띄었다. 그럴 때 카밀라는 자신이 항상 사회적 지위와 연관 지어온 지극한 행복이 언제 시작될지 생각한 반면, 돈 하이메는 그저 햇살을 즐기며 언제 또 구름이 밀려올지 걱정했다. 그들은 어느 외딴 나라에서, 혹은 옛 민요에서 튀어나와 길을 잃고 이곳에 흘러든 존재처럼 보였다. 아직 새로운 언어를 배우지도 새로운 친구를 찾지도 못한 채 말이다.

카밀라는 서른 살쯤 무대를 떠났고, 사교계에서 자리 잡기까지 5년이 걸렸다. 그녀는 점점 몸이 불어 거의 통통한 정도가 되었지만, 얼굴은 해가 갈수록 더 아름다워졌다. 그녀는 지나치게 화려한 옷차림을 하기 시작했다. 머리부터 발끝까지 온갖 보석과 스카프, 깃털로 치장한 모습이 응접실 바닥에 마치 탑처럼 비칠 정도였다. 그녀는 얼굴과 손에 푸른빛이 감도는 하얀 분을 잔뜩 발랐고, 짜증스러워 보이는 입술에는 다홍색과 주황색 칠을 했다. 거의 미친 듯 성질을 부리는 모습은 귀족 부인들과 동행할 때 쓰는 부자연스러울 정도로 상냥한 말투와는 상당한 괴리가 있었다. 신분 상승의 초기 단계에는 피오 아저씨에게 둘이 함께 있는 모습을 보이지 않는 게 좋겠다고 넌지시 암시하는 수준이었지만, 나중에는 결국 그의 조심스러운 방문마저 참지 못하게 되었다. 그녀는 대화할 때도 지극히 형식적이고 회피적인 태도를 보였다. 그녀는 그와 눈을 마주치는 법이 없었고, 말다툼의 빌미를 찾을 궁리만 했다. 그럼에도 그는 한 달에 한 번씩 꼭 카밀라를 찾아와 그녀의 인내심을 시험했고, 그녀를 만날 수 없을 때는 계단을 올라가서 그녀의 아이들과 시간을 보냈다.

하루는 언덕 위에 자리 잡은 그녀의 저택에 도착해서, 하녀를 통해 제발 그녀와 이야기할 기회를 달라고 사정했다. 그 결과 해지기 직전에 프랑스식 정원에서 보자는 답을 받았다. 그는 이상한 감상적인 충동에 사로잡혀 리마에서 온 것이었다. 모든 외로운 사람들이 그렇듯, 그는 우정에 신성한 매력을 부여했다. 거리에서 함께 웃으며 거닐다 헤어질 때 포옹하는 사람들, 미소 가득한 얼굴로 함께 만찬을 즐기는 사람들을 보며, 믿기 힘들겠지만, 그들이 그런 친밀감으로부터 엄청난 만족을 얻고 있다고 상상했다. 그래서 갑자기 그녀를 다시 보고 싶고, 다시 '피오 아저씨'로 불리고 싶고, 그들이 오랜 방랑을 하는 동안 나누었던 신뢰와 기분을 잠시나마 되살리고 싶다는 생각에 잔뜩 들떴다.

프랑스식 정원은 마을의 남쪽 끝에 있었다. 정원 뒤로는 안데스 산맥의 높은 봉우리들이 우뚝 솟아 있고, 앞쪽으로는 깊은 계곡과 태평양을 향해 끝없이 펼쳐진, 일렁이는 파도 같은 야산들이 내려다보이는 난간이 있었다. 박쥐가 낮게 날고 작은 동물들이 발밑에서 활개를 치는 시간이었다. 몇몇 혼자 온 사람들이 정원을 어슬렁대며 점점 색이 옅어지는 하늘을 꿈꾸듯 바라보거나 난간에 기댄 채 계곡을 내려다보며 어느 마을에서 개가 짖고 있는지 살폈다. 밭에 나갔던 아버지가 집으로 돌아와서, 자신을 향해 달려드는 개의 주둥이를 꽉 잡거나 개를 바닥에 던져 자빠뜨리며 마당에서 잠시 놀아 주는 시간이었다. 여자아이들은 소원을 빌기 위해 하늘을 올려다보며 첫 별을 찾고, 남자아이들은 안절부절못하며 저녁 식사만 기다린다. 더없이 바쁜 어머니조차 잠시 일손을 놓고 가만히 서서 성가시지만 사랑스러운 가족을 보며 미소 짓는다. 이가 빠진 대리석 벤치에 앉은 피오 아저씨가 자신을 향해 다가오는 카밀라를 바라보았다.

"늦었어요. 미안해요. 나한테 말하고 싶은 게 뭐죠?" 카밀라가 말했다.

그가 "카밀라…"하고 입을 뗐지만, 그녀가 말을 막았다.

"내 이름은 도냐 미카엘라예요."

"도냐 미카엘라, 기분 상하게 하고 싶지 않지만, 지난 20년간 내가 카밀라라고 불렀으니 내 생각엔…."

"아, 마음대로 하세요. 마음대로 해요."

"카밀라, 내 말을 들어주겠다고 약속해. 내가 말을 꺼내기가 무섭게 달아나지 않겠다고 말이야."

하지만 즉시 카밀라는 버럭 화를 내며 소리쳤다.

"피오 아저씨, 내 말 잘 들으세요. 나를 다시 극장에 돌려보낼 수 있다고 생각한다면 오산이에요. 극장이라면 생각만 해도 진저리가 쳐져요. 그걸 아셔야 해요. 극장이라면! 정말이지, 극장이라면! 그 더러운 장소에서 날마다 모욕받으며 살았어요! 지금 시간 낭비를 하고 계신 거예요."

그는 부드럽게 대답했다. "네가 새로 사귄 친구들과 지내는 게 행복하다면 돌아오라고 하지 않을게."

"아저씨는 제 새 친구들이 마음에 안 드세요? 그 사람들 대신에 누구를 추천하시려고요?" 그녀가 빠르게 말을 받아쳤다.

"카밀라, 난 그저 옛 기억 때문에…."

"난 이제 비난받고 싶지 않아요. 어떤 조언도 필요 없고요. 곧 추워질 테니 집으로 돌아가야 해요. 그냥 나를 포기하세요. 그러면 돼요. 그냥 아저씨의 마음에서 나를 지워요."

"사랑하는 카밀라. 화내지 말고 내게 말할 기회를 줘. 10분만 함께 있어 줘."

그는 왜 그녀가 울고 있는지 이해하지 못했다. 무슨 말을 해야 할지 알 수 없었다. 그래서 아무 말이나 했다.

"넌 연극을 보러 오지도 않았어. 모두 그걸 알고 있지. 관객들도 이제 많이 줄었어. 극장은 이제 고전극은 일주일에 두 번만 올리고, 다른 날에는 산문체의 새로운 소극을 올려. 하나같이 지루하고 유치하고 외설적인 것들이지. 이제 스페인어를 제대로 할 줄 아는 사람이 없어. 제대로 걸을 수 있는 사람조차 없지. 성체축일에는 네가 그토록 훌륭하게 해냈던 〈벨사살 왕의 연회〉를 상연했는데, 정말 부끄러운 수준이었어."

잠시 침묵이 흘렀다. 바다에서 시작된 아름다운 구름의 행렬이 길 잃은 양 떼처럼 야산들 사이 골짜기를 따라 스르르 올라오고 있었다. 카밀라가 갑자기 그의 무릎에 손을 댔다. 그녀의 얼굴은 20년 전처럼 보였다.

"용서하세요, 피오 아저씨. 제가 너무 못되게 굴었죠. 오늘 오후에 하이메가 아팠어요. 그런데 할 수 있는 게 아무것도 없어요. 그 애가 누워 있어요. 그토록 창백하고…. 그토록 놀라서. 사람은 여러 가지를 생각해야 해요, 피오 아저씨. 제가 극장으로 돌아가도 소용없을 거예요. 관객들은 산문 소극을 보러 오잖아요. 어떻게든 고전극을 지켜내려 애쓴 우리가 어리석었어요. 대중들의 선택이 그런 거라면, 고전극은 그냥 책으로 읽게 놔두세요. 대중과 싸우는 건 아무런 의미가 없어요."

"멋진 카밀라. 네가 무대에 섰을 때 난 너에게 공정하지 못했어. 내 안에 있는 어리석은 오만 때문에, 네가 마땅히 받아야 할 칭찬에 인색했어. 네가 용서해 주렴. 넌 항상 가장 위대한 예술가였어. 만일 네가 이 사람들과 있는 것이 행복하지 않다고 느낀다면, 마드리드로 가는 걸 생각해 볼 수도 있을 거야. 그곳에서 크게 성공할 거야. 넌 아직 젊고 아름다워. 도냐 미카엘라라고 불릴 때는 나중에도 있을 거야. 우린 곧 늙을 거야. 곧 죽을 거야."

"아뇨. 스페인에 절대 가지 않을 거예요. 마드리드건 리마건, 세상은 다 비슷해요."

"아, 사람들이 있는 그대로의 너를 알아보고, 또 사랑해 줄 어떤 섬으로 떠날 수 있다면!"

"나이가 오십인데 아직도 그런 꿈을 꾸시네요, 피오 아저씨."

그가 머리를 숙이고 중얼거렸다.

"물론 나는 너를 사랑한다, 카밀라. 언제나 그랬던 것처럼. 말로 표현하지 못할 만큼. 너를 알게 된 것 하나만으로 내 인생은 충분히 살 가치가 있었어. 넌 이제 대단한 귀부인이야. 게다가 부자고. 더 이상 내가 널 도울 일은 없겠지. 그럼에도 난 항상 준비되어 있어."

"피오 아저씨, 참 어리석네요." 그녀가 미소 지으며 말했다. "마치 어린아이처럼 말하는군요. 나이가 들어도 통철이 들지 않는 것 같아요. 세상에 그런 사랑은 없어요. 그런 섬도요. 그런 건 연극에서나 있을 뿐이죠."

그는 창피한 얼굴이었지만 납득하진 못한 것 같았다.

마침내 그녀는 일어서서 슬프게 말했다. "우리가 무슨 얘길 하고 있담! 날이 추워지고 있어요. 들어가야 해요. 단념하세요. 난 극장에 돌아갈 마음이 없어요."

잠시 침묵이 흘렀다.

"그리고 나머지 문제는…. 아, 잘 모르겠어요. 그냥 상황이 그렇게 됐어요. 저로서는 주어진 삶을 살아갈 수밖에 없어요. 아저씨도 이해하려고 하지 마세요. 저에 대해 생각하지 마세요, 피오 아저씨. 그냥 용서하세요. 그러면 돼요. 그냥 잊으려고 노력해 보세요."

그녀는 잠시 가만히 서서 혹시 가슴 깊은 곳에 피오 아저씨에게 하고 싶은 말이 있는지 찾으려 했다. 첫 번째 구름이 계단식 정원에 이르렀다. 날이 어두워졌다. 이제 낙오한 마지막 구름이 정원을 떠나고 있었다. 그녀는 돈 하이메와 돈 안드레스, 그리고 피오 아저씨를 생각하고 있었다. 하지만 적당한 말을 찾을 수 없었다. 갑자기 그녀가 상체를 숙여 그의 손에 입을 맞추고는 급히 떠나 버렸다. 그러나 그는 모여드는 구름 속에 오랫동안 앉아서 행복감에 몸을 떨며 그녀의 행동이 어떤 의미인지 곰곰이 생각했다.

어느 날 리마에 소문이 파다하게 퍼졌다. 한때 카밀라, 페리촐레로 불렸던 귀부인 도냐 미카엘라 비예가스가 천연두에 걸렸다는 소문이었다. 다른 수백 명도 천연두에 걸렸지만, 대중적 관심과 악의는 그녀에게 집중되었다. 자신의 출신 계급을 경멸할 수 있게 해준 그녀의 미모가 손상될 거라는 야만적인 희망이 리마 시내 전체를 휩쓸었다. 카밀라가 집을 잃은 우스운 신세가 되었다는 소문이 병실에서 흘러나왔고, 시기하는 자들의 술잔이 흘러넘쳤다. 그녀는 몸을 추스르자마자 리마에서 돌아와서 언덕 위에 있는 자신의 우아한 작은 저택을 매물로 내놨다. 그리고 온갖 보물을 애초에 그것을 선물한 사람들에게 돌려주고 고급 의류를 팔았다. 총독과 대주교와 그녀를 진심으로 흠모했던 몇몇 궁정의 남자들은 여전히 그녀의 집 앞으로 편지와 선물 세례를 퍼부었지만, 편지는 무시했고 선물은 아무 말 없이 돌려보냈다. 병에 걸린 이래로 간호사와 하녀들을 제외한 누구도 그녀를 보는 것이 허락되지 않았다. 돈 안드레스는 그녀와의 접촉을 여러 차례 시도했지만, 그에 대한 답으로 제법 큰 액수의 돈과 비통함과 오만함이 복잡하게 뒤얽힌 편지 한 통을 받았을 뿐이었다.

미모에 대한 찬사를 끊임없이 들으며 자란 모든 미인이 그렇듯, 그녀는 사람들이 순전히 자신의 미모 때문에 애정을 품는다고 일말의 냉소도 없이 확신했다. 따라서 지금 자신을 향한 모든 관심은 우월감에서 나온 동정심이며, 거기에는 완전한 관계 역전에 대한 은근한 만족감이 희미하게 깔려 있다고 단정했다. 이제 미모가 사라졌으니 헌신도 기대할 수 없다는 이러한 가정은 그녀가 애욕으로서의 사랑 외에는 어떤 사랑도 이해하지 못한 데서 기인한 것이었다. 물론 애욕으로서의 사랑은 관대함과 배려 속에서 성장하고, 꿈처럼 아름다운 장면과 위대한 시를 낳는다. 그럼에도 그런 사랑은 가장 분명한 이기심의 표현에 불과하다. 그런 사랑은 오랜 예속과 자기혐오, 조롱, 크나큰 의심을 겪어낼 때까지는 충실한 애정의 반열에 오를 수 없다. 그런 사랑 속에서 일생을 보낸 많은 사람은 어제 개를 잃어버린 아이보다도 사랑에 대해 아는 것이 적다. 그녀의 친구들이 그녀를 다시 사교계로 끌어내려고 노력할수록, 그녀는 점점 더 화를 내며 모욕적인 답을 보냈다. 한동안 그녀가 종교에 귀의할 거라는 소문이 돌았다. 그러나 그런 소문을 반박이라도 하듯, 이 작은 농장에 분노와 절망만 가득하다는 새로운 소문이 뒤따랐다. 그녀의 측근들은 그녀의 절망을 지켜보는 것이 두려웠다. 그녀는 자신의 삶은 물론 자식들의 삶까지 끝났다고 확신했다. 병적인 자존심 때문에 빚진 것보다 더 큰 액수를 돌려주었고, 그런 탓에 외롭고 암울한 그녀의 앞날에는 곧 닥쳐올 가난이라는 문제까지 겹치게 되었다. 몰락해 가는 작은 농장의 한가운데서 질투심과 고독 속에 하루하루를 보내는 것 말고는 할 수 있는 일이 없었다. 그녀는 신이 났을 적들을 몇 시간씩 곱씹어 생각했고, 밖에서 들릴 만큼 괴성을 지르며 방 안을 서성였다.

피오 아저씨는 낙담만 하고 있을 수 없었다. 아이들에게 도움을 주고 농장 관리에 손을 보태고 그녀에게 조심스럽게 돈을 빌려줌으로써 그는 그녀의 집에 출입할 수 있었다. 나아가 베일로 얼굴을 가린 그 집의 여주인도 직접 대면할 수 있었다. 그러나 그때도 카밀라는 그가 자신을 동정한다고 확신했고, 칼날처럼 날카로운 혀로 그를 공격하고 조롱을 퍼붓는 것에서 이상한 위안을 얻었다. 그는 전보다 더 그녀를 사랑했고, 그녀가 상처 입은 자존심을 회복해가는 모든 단계를 그녀 자신보다 더 잘 이해했다. 그러나 그녀가 회복하는 데 도움을 준 그의 성과가 순식간에 물거품이 되어버린 사건이 발생하고 말았다. 어느 날 그는 그녀의 방문을 밀고 들어갔다.

카밀라는 문이 잠겨 있다고 생각했다. 한 시간 전부터 그녀의 마음에 바보 같은 희망이 은밀하게 솟아올랐다. 석회 가루와 크림으로 반죽을 만들어 얼굴에 바르면 어떨까 하는 생각이 들었던 것이다. 그녀는 흰 분을 얼굴에 떡칠하고 다니는 궁정의 노부인들을 자주 비웃곤 했다. 그랬던 그녀가 전에 연극을 할 때 배웠던 뭔가가 도움이 되지 않을까 잠시 생각했다. 그래서 문이 잠겨 있다고 생각하고는 두근거리는 가슴으로 분주히 손을 놀려 얼굴에 기괴하고 창백한 분칠을 했다. 그리고 거울을 들여다보며다 부질없는 짓이라는 걸 깨닫는 순간, 놀란 얼굴로 문가에 서 있는 피오 아저씨를 보고 말았다. 그녀는 외마디 비명을 지르며 의자에서 벌떡 일어나더니 두 손으로 얼굴을 가렸다.

"나가세요. 우리 집에서 영원히 나가 버려요. 다시는 보고 싶지 않아요."

그녀는 괴성을 질렀다. 수치심에 휩싸인 그녀는 모욕과 증오의 말을 퍼부으며 그를 문밖으로 몰아냈고, 복도까지 쫓아와서는 계단에 물건들을 마구 던졌다. 그리고 농장 관리인에게 피오 아저씨가 다시는 농장에 발을 들이지 못하게 하라고 지시했다. 그러나 피오 아저씨는 일주일 동안 계속해서 그녀를 만나려고 애썼다. 결국 그는 리마로 돌아와서 어떻게든 그녀 없이 시간을 보내 보려고해 보았지만, 그럴수록 열여덟 살 소년처럼 그녀 곁에 있고 싶은 생각만 더 간절해졌다. 마침내 그는 한 가지 책략을 궁리해 냈고, 그것을 실행하기 위해 언덕 위의 저택으로 돌아갔다.

어느 날 그는 아직 동도 트지 않은 이른 아침에 일어나, 그녀의 방 창문 아래쪽 땅바닥에 누웠다. 그러고는 최대한 어린 소녀가 흐느끼는 것 같은 소리를 꾸몄다. 15분 내내 그런 소리를 냈다. 이탈리아 음악가들이 악보에 여리게라고 표시한 것보다 목소리를 높이지는 않았지만, 이 정도 크기와 시간이면 행여 그녀가 자고 있더라도 그녀의 마음속에 스며들 수 있을 거라고 믿으며, 가끔 소리를 중단하기도 했다. 공기는 선선하고 상쾌했다. 산봉우리 뒤로는 사파이어색 하늘이 어슴푸레 모습을 드러내기 시작했고, 동녘 하늘에서 깜빡이는 샛별은 시시각각 그 강도가 약해지고 있었다. 깊은 정적이 농장의 모든 건물을 감쌌고, 이따금 산들바람만이 풀들을 한숨짓게 했다. 갑자기 그녀의 방에서 불이 켜지더니, 잠시 뒤 덧문이 열리고 베일을 쓴 얼굴이 창밖으로 불쑥 나왔다.

"거기 누구 있니?" 아름다운 목소리가 물었다.

피오 아저씨는 침묵을 지켰다. 카밀라가 초조함에 조금 날카로워진 목소리로 다시 물었다.

"거기 누구 있니? 누가 울고 있는 거야?"

"도냐 미카엘라 부인. 간청하건대 부디 이리로 와 주세요."

"누군데? 뭘 원하니?"

"저는 불쌍한 여자아이입니다. 에스트렐라라고 하지요. 제발 이리로 와서 저를 도와주세요. 하녀를 부르지 마시고요. 간곡히 청합니다, 도냐 미카엘라여. 제발 혼자 와 주세요."

카밀라는 잠시 침묵하더니 불쑥 대답했다. "알았어."

그런 뒤 덧문을 닫았다. 잠시 뒤 이슬에 젖은 두꺼운 망토를 두른 그녀가 집 모퉁이를 돌아 나타났다. 그녀는 멀찌감치 서서 말했다.

"내가 서 있는 곳으로 와. 넌 누구니?"

그때 피오 아저씨가 일어났다.

"카밀라, 나야. 피오 아저씨야. 용서해 줘. 하지만 너한테 꼭 할 말이 있어."

"하느님 맙소사! 언제 이 지긋지긋한 사람에게서 벗어날까! 잘 들으세요. 난 누구도 보고 싶지 않아요. 누구와도 얘기하고 싶지 않다고요. 내 인생은 끝났어요. 두말할 필요도 없어요."

"카밀라, 옛정을 생각해서 내 부탁 하나만 들어줘. 그러면 이곳을 떠나서 다시는 귀찮게 하지 않을 테니까."

"아저씨에게 해줄 건 아무것도 없어요. 아무것도. 가까이 오지 마세요."

"약속할게. 이번 한 번만 내 말을 들어주면 절대 귀찮게 하지 않을 거야."

그녀는 서둘러 집 모퉁이를 돌아 출입문을 향해 걸어 갔고, 피오 아저씨는 자기 말이 들리도록 그녀 옆으로 뛰어갔다. 그녀가 멈춰 섰다.

"그럼 말해 보세요. 그게 뭔데요? 빨리 말해요. 춥단 말이에요. 몸이 안 좋아요. 방으로 돌아가야 해요."

"카밀라, 돈 하이메를 리마로 데려가서 1년간 함께 살게 해 줘. 그 아이의 선생님이 될게. 내가 하이메에게 카스티아 말을 가르쳐 줄게. 이곳은 주변에 하인들밖에 없으니, 하이메가 아무것도 못 배우고 있잖아."

"안 돼요."

"카밀라, 그 아이가 커서 뭐가 되겠니? 그 아이는 총명하고 배우고 싶어 해."

"하이메는 아파요. 몸이 너무 약하죠. 아저씨의 집은 돼

지우리 같아요. 그 아이에게는 시골이 좋아요."

"하지만 지난 몇 개월간 몸이 부쩍 좋아졌잖아. 그리고 집을 깨끗이 청소하겠다고 약속할게. 마리아 델 필라르 수녀원장님께 가정부도 따로 부탁할 거야. 여기서 하이메는 온종일 마구간에서 지내잖아. 내가 그 아이에게 펜싱이며 라틴어며 음악이며, 신사가 알아야 할 모든 것을 가르칠게. 그리고 각종 문학 작품도 읽고…."

"엄마와 자식이 그렇게 떨어져 지낼 수는 없어요. 불가능해요. 그런 생각을 하다니, 아저씨는 미쳤어요. 나에 대한 모든 생각을 접으세요. 나에 대한 모든 것을 지우세요. 나는 더 이상 존재하지 않아요. 나와 내 아이들은 나름대로 최선을 다해 살아갈 거예요. 다시는 방해하지 마세요. 어떤 인간도 보고 싶지 않아요."

이제 피오 아저씨는 강하게 나갈 수밖에 없다고 느꼈다.

"그렇다면 내게 진 빚을 갚아." 그가 말했다.

당황한 카밀라는 가만히 서서 혼잣말을 했다.

"산다는 게 참 끔찍해. 견디기 힘들 만큼. 나는 언제 죽을 수 있을까?"

잠시 뒤 그녀는 쉰 목소리로 대답했다.

"수중에 있는 돈이 얼마 안 돼요. 하지만 갚을 수 있을 만큼 갚을게요. 지금 갚겠어요. 여기 보물도 조금 있어요. 그럼 우리가 다시는 만날 일은 없겠죠."

그녀는 자신의 가난이 수치스러웠다. 그녀가 몇 걸음 걷다가 돌아서서 말했다.

"이제 보니 아저씨는 참 잔인한 사람이네요. 하지만 빚 진 돈을 갚아야 하는 건 당연한 일이죠."

"아니야, 카밀라. 난 그저 네가 내 부탁을 들어주게 하려고 그렇게 말한 것뿐이야. 너에게 돈 받을 생각은 없어. 하지만 돈 하이메를 내게 1년만 맡겨줘. 그 아이를 아끼고 모든 면에서 알뜰하게 보살펴 줄게. 내가 너를 해친 적이 있었니? 그때 내가 너에게 나쁜 선생이었니?"

"정말 잔인하시네요. 아저씨는 고마워하라고, 고마워 하라고, 고마워하라고 끊임없이 다그치네요. 좋아요, 좋아! 고마웠어요, 아저씨. 하지만 이제 나는 더 이상 예전의 내가 아니고, 고마워할 것은 하나도 남아 있지 않아요."

침묵이 흘렀다. 그녀의 눈길이 경이로운 빛으로 하늘 전체를 이끄는 듯한 별 하나에 머물렀다. 그녀의 가슴에 크나큰 고통이 내려앉았다. 세상이 무의미하게 느껴지는 고통이었다.

"하이메가 함께 가고 싶어 한다면, 좋아요. 아침에 얘기해 볼게요. 하이메가 아저씨와 가겠다고 하면, 정오쯤 여관으로 보내겠어요. 안녕히 가세요. 신의 가호가 함께하기를."

"신의 가호가 함께하기를."

그녀는 다시 집 안으로 들어갔다. 다음날 의젓한 어린 소년이 여관에 나타났다. 소년이 입은 고급 옷은 낡고 얼룩져 있었고, 갈아입을 옷이 담긴 작은 보따리를 손에 들고 있었다. 소년의 어머니는 용돈으로 쓰라며 금화 한 닢을 챙겨 주었다. 잠 못 이루는 밤에 보라며 어둠 속에서 빛을 내는 작은 돌멩이도 주었다. 그들은 마차를 타고 함께 출발했지만, 곧 피오 아저씨는 덜컹거리는 마차가 소년에게 좋지 않다는 것을 깨달았다. 그래서 소년을 목말 태우고 걸어갔다. 산 루이스 레이의 다리에 가까워졌을 때, 하이메는 수치심을 감추려 애썼다. 남들과 다른 자신의 모습이 드러날 순간이 다가오고 있음을 알았기 때문이다. 게다가 피오 아저씨가 그의 친구인 한 선장을 방금 앞질

렀기 때문에 특히 더 창피했다. 그들이 다리에 도달했을
때, 피오 아저씨는 어린 소녀와 함께 여행 중인 한 노부인
에게 말을 걸었다. 피오 아저씨는 다리를 건너고 나면 잠
시 앉아서 쉬자고 말했다. 그러나 결국 그럴 필요가 없게
되었다.

어쩌면 신의 의도

그녀는 자신이 삶의 목표로 삼았던 특성들이 어디에나 있고,
세상은 이미 그것을 받아들일 준비가 되어 있다는 사실에,
그것을 말해 주는 새로운 증거에,
마치 소녀처럼 행복감으로 가슴이 벅차올랐다.

옛날 다리 대신 새로운 다리가 세워졌지만, 그 사건은 잊히지 않았다. 리마 사람들에게 그것은 일종의 속담 같은 표현으로 전해져 내려왔다. 어떤 사람은 "화요일에 보세. 다리만 무너지지 않는다면 말이야"라고 말한다. 또 누군가가 "내 사촌은 산 루이스 레이의 다리 근처에 산답니다"라고 말하면, 사람들이 싱긋 웃는다. 그 말은 머리 위에 매달린 칼이 언제 떨어질지 모르는 위태로운 상황에 있음을 뜻하기 때문이다. 그 사고에 대한 시도 있고 페루의 문집마다 빠짐없이 등장하는 고전들도 있지만, 진정한 문학적 기념비는 주니퍼 수사의 책이었다.

어떤 상황에 의문을 품게 되는 계기는 수없이 많다. 산마르틴 대학의 어느 학자와 친분이 없었다면, 주니퍼 수사는 그가 취한 방법에 결코 이르지 못했을 것이다. 어느 날 이 학자의 아내가 어떤 병사를 따라 배를 타고 스페인으로 야반도주했고, 그는 졸지에 요람에 있는 두 딸을 홀로 떠맡는 신세가 되었다. 그는 주니퍼 수사와 달리 무척 냉소적이었고, 세상의 모든 것이 잘못되었다는 확신에서 일종의 즐거움을 얻었다. 그는 신이 인도하는 세상이라는 개념이 거짓임을 보여주는 사상과 일화를 이 프란치스코회 수사의 귀에 속삭이곤 했다. 그러면 한동안 수사의 눈에는 거의 패배감에 가까운 고뇌의 빛이 어렸다. 그러나 이내 믿음이 있는 사람에겐 왜 그런 이야기들이 장애가 되지 않는지 인내심 있게 설명하기 시작했다. 그러면 학자는 이렇게 대응했다.

"나폴리와 시칠리아를 다스리는 여왕이 있었는데, 자기 옆구리에서 벌겋게 곪은 멍울을 발견했습니다. 대경실색한 여왕은 백성들에게 기도를 올리라고 명령하고, 시칠리아와 나폴리 사람들이 입는 모든 의복에 봉헌의 십자가를 수놓으라고 지시했지요. 그녀는 백성들에게 사랑받는 여왕이었고, 백성들의 기도와 자수는 신실했으나 효과가 없었습니다. 이제 여왕은 찬란한 몬레알레 대성당에 안치되어 있고, 여왕의 심장에서 몇 센티미터 위에 '나는 어떠한 악도 두려워하지 않을 것이다'라는 문구가 새겨져 있지요."

그런 신앙에 대한 조롱에 숱하게 시달릴 대로 시달린 끝에, 주니퍼 수사는 자신의 마음속에 자리한 너무도 선명하고 가슴 설레는 신념을 드디어 증명할 때가 왔다고 확신했다. 그리고 그는 그것을 표로 정리하기로 마음먹었다. 자신이 사랑하는 마을 푸에르토에 역병이 돌아 많은 농민이 목숨을 잃었을 때, 그는 희생자 열다섯 명과 생존자 열다섯 명의 특징을 표로 정리했다. 영원의 상(相) 아래서* 그들의 가치를 통계로 낸 것이었다. 각 인물의 선량함과 종교적 규율을 지키는 근면함, 가족 집단 내에서의 중요성을 10점 만점으로 평가했다. 다음은 이 야심찬 표의 일부다.

• 스피노자의 표현. 여기서 역자는 '감각이나 감정이나 외부 요인에 영향을 받지 않고 객관적으로'의 의미로 해석했다.

	선량함	신앙심	유용성
알폰소 G	4	4	10
니나	2	5	10
마누엘 B	10	10	10
알폰소 V	-8	-10	10
베라 N	0	10	10

이 일은 그가 예상했던 것보다 어려웠다. 살기 어려운 외곽 마을에서는 거의 모든 사람이 경제적으로 없어서는 안 될 존재인 것으로 드러났고, 따라서 세 번째 열은 크게 의미가 없었다. 그리고 그는 알폰소 V의 인간적 특성을 마주하게 되었을 땐 마이너스라는 개념을 쓸 수밖에 없었다. 알폰소 V는 베라 N처럼 그저 선량하지 못한 정도가 아니었다. 그는 악의 전도사였고, 교회를 기피했을 뿐만 아니라 다른 사람들도 교회를 기피하도록 유도했다. 베라 N은 선량하진 않지만 모범적인 신자였고 집안의 대들보이기도 했다. 이 슬픈 자료를 근거로 주니퍼 수사는 각 농민에 대한 지수를 고안했다. 희생자들의 지수를 더해 총계를 낸 다음 그것을 생존자들의 지수 총계와 비교했고, 그 결과 죽은 사람들이 다섯 배는 더 목숨을 구할 가치가

있었다는 사실을 발견했다. 푸에르토 마을에서는 역병이 정말로 가치 있는 사람들을 겨냥한 것처럼 보일 정도였다. 그날 오후 주니퍼 수사는 태평양의 해변을 따라 걷고 있었다. 그는 조사 결과를 찢어발겨 파도 속으로 던져 버렸다. 그리고 수평선에 늘 걸려 있는 멋진 진줏빛 구름을 한 시간 동안 바라보며, 그 아름다움으로부터 어떤 체념을 끌어냈다. 인간의 이성으로 뭔가를 조사할 순 없겠다는 체념이었다. 신앙과 현실 사이의 괴리는 일반적으로 생각하는 것보다 훨씬 더 큰 법이다.

그러나 산 마르틴 대학 학자에 대한 또 다른 이야기가 있었는데(이 이야기는 그렇게 불온하진 않았다), 아마도 그것이 산 루이스 레이의 다리의 붕괴 이후 주니퍼 수사의 행보에 크게 영향을 준 것으로 보인다.

하루는 이 학자가 리마 대성당을 거닐다가 한 여인의 비문을 보고 멈춰 서서 읽기 시작했다. 그 여인은 20년 동안 가정의 중심이자 즐거움이었고, 친구들의 기쁨이었다. 그녀를 만난 사람은 누구나 헤어질 무렵에는 그녀의 선량함과 아름다움에 감탄을 금치 못했고, 이제 그녀는 그곳에 누워 주님의 재림을 기다리고 있었다. 이런 내용을 읽으며 그의 아랫입술이 점점 앞으로 튀어나왔다. 하필 비문을 읽은 날 짜증 나는 일이 많았던 산 마르틴 대학의 학자는 비문에서 눈을 떼며 발끈했다.

"정말 지독하군. 아주 지긋지긋해! 세상 사람들이 죄다 제 욕망을 채우며 살 뿐이라는 걸 누구나 아는데, 왜 이런 이타심의 전설이 아직 이어지는 거지? 왜 이런 무사무욕에 대한 소문을 계속 놔두는 거야?"

그렇게 말하면서 그는 비문을 새긴 자들의 음모를 밝혀내기로 마음먹었다. 그 여인은 죽은 지 아직 12년밖에 되지 않았다. 그는 그녀의 하인과 후손과 친구를 찾아다녔다. 그런데 가는 곳마다 그녀의 고귀한 특징들이 그녀의 사후에도 마치 향수의 잔향처럼 남아 있었고, 그녀가 언급되는 곳마다 다들 안타까운 미소를 지으며 그녀의 자애로움은 말로 다 표현할 수 없다고 했다. 그녀를 한 번도 본 적 없는 열성적인 어린 손주들마저도 그들의 할머니처럼 선량한 존재가 또 있을 수 있다는 말을 들으면 갑자기 비협조적인 태도를 보였다. 학자는 놀라워하며 서 있다가 마침내 이렇게 중얼거렸다.

"그럼에도 내가 한 말은 사실이었어. 이 여인만 예외일 뿐이지. 아마 예외일 거야."

다리 붕괴 사고로 사망한 사람들에 관한 책을 편찬하면서, 주니퍼 수사는 아주 작은 세부 사항이라도 빠뜨리면 어떤 중요한 단서를 놓칠지도 모른다는 두려움에 사로잡혔다. 작업을 오래 하면 할수록 엄청나게 많은 희미한 암시들 사이에서 갈피를 못 잡고 헤매는 느낌이 들었다. 그는 맥락을 알 수만 있다면 상당히 의미심장할 것처럼 보이는 사소한 정보에 끊임없이 속고 있었다. 그래서 모든 것을 낱낱이 기록했다. 어쩌면 그가(또는 더 명민한 사람이) 이 책을 스무 번쯤 다시 읽는다면 수많은 정보가 갑자기 움직이고 새롭게 조합되어 그 비밀을 드러낼지도 모른다는 생각 때문이었다. 몬테마요르 후작 부인의 요리사는 그녀가 밥과 생선과 약간의 과일만 먹고 살았다고 말했다. 주니퍼 수사는 이 정보가 언젠가 어떤 정신적인 특징을 드러낼 거란 생각으로 기록해 두었다. 돈 루비오는 그녀가 초대받지도 않은 연회에 불쑥 나타나 숟가락을 훔치곤 했다고 말했다. 변두리 지역에 사는 한 산파는 그녀가 찾아와 질병과 관련된 질문들을 마구 쏟아 내는 통에 거지 내쫓듯 그녀를 쫓아낼 수밖에 없었다고 했다. 반면 시내의 한 책방 주인은 그녀가 리마에서 가장 교양 있는 세 사람 중 하나라고 했다. 그런가 하면 후작 부인 밑에서 일했던 농부의 아내는 그녀가 얼빠진 사람처럼 굴긴 해도 선량하기 그지없는 사람이라고 단호하게 말했다. 이렇듯 전기를 쓴다는 것은 흔히들 생각하는 것보다 어려운 일이다.

주니퍼 수사는 자신의 연구 대상과 가장 긴밀한 관계에 있는 사람들이 정보 공유에 가장 비협조적이란 것을 알게 되었다. 마리아 델 필라르 수녀원장은 페피타에 대해 길게 이야기했지만, 본인이 페피타에게 품었던 야심에 대해서는 함구했다. 페리촐레는 처음에는 접근하기 어려웠지만, 이내 주니퍼 수사를 좋아하게 되었다. 그런데 그녀가 말하는 피오 아저씨의 성격은 그가 다른 곳에서 들은 불미스러운 증언들과는 명백히 상반된 것이었다. 그녀는 아들에 대해서는 별로 언급하지 않았고, 고통스럽게 마지못해 몇 마디 하는 정도였다. 그리고 그 몇 마디를 끝으로 갑자기 면담이 종료되었다. 알바라도 선장은 에스테반과 피오 아저씨에 대해 자신이 아는 만큼 이야기해 주었다. 이처럼 가장 많이 아는 사람이 가장 입조심을 하는 법이다.

여기서 주니퍼 수사가 이끌어 낸 귀납적 결론들을 굳이 자세히 소개하지는 않겠다. 그것은 늘 우리 곁에 있는 것들이다. 그는 그 사고에서 악한 사람에게 파멸이 닥친 것과 선한 사람이 일찍 천국의 부름을 받은 것을 모두 보았다고 생각했다. 세상을 향한 객관적인 교훈으로, 오만함과 부유함이 저주받는 것을 보았다고 생각했다. 리마의 교화를 위해, 겸손함이 최고로 인정받고 보상받는 것을 보았다고 생각했다. 그러나 주니퍼 수사는 자신의 추론에 만족할 수 없었다. 몬테마요르 후작 부인이 탐욕의 괴물이 아니고, 피오 아저씨가 방종의 괴물이 아닐 가능성이 충분히 있었다.

완성된 책은 몇몇 이단심문관의 눈에 띄었고, 느닷없이 이단이라고 선언되었다. 그리고 책을 그 저자와 함께 광장에서 불태우라는 명령이 떨어졌다. 주니퍼 수사는 사탄이 그를 통해 페루에서 아주 성공적인 활동을 펼쳤다는 판결을 조용히 받아들였다. 마지막 날 밤 그는 독방에 앉아 다른 다섯 명의 삶에서 미처 발견하지 못한 어떤 패턴 같은 것이 자기 삶에 있었는지 찾아보려 했다. 그는 반항적이지 않았다. 교회의 순수성을 지켜내기 위해 자신의 목숨을 기꺼이 내려놓을 셈이었다. 그러나 적어도 자신의 의도가 신앙을 위한 것이었음을 증언해 줄 목소리가 어딘가에 하나라도 있기를 간절히 바랐다. 자신을 믿어 주는 사람이 세상에 하나도 없는 것 같았다. 그러나 다음 날 아침, 햇살이 비추는 광장에 모인 수많은 군중 중에는 그를 믿는 사람도 많았다. 그는 많은 사랑을 받고 있었다.

그들 중에는 푸에르토 마을을 대표하여 찾아온 소수의 사람도 있었다. 니나(선량함 2, 신앙심 5, 유용성 10)와 그 일행은 왜소한 탁발 수도사가 기꺼이 불길에 몸을 맡기는 동안 핼쑥하고 당황한 얼굴로 서 있었다. 그 순간에도, 그 순간에도, 그의 가슴에는 완강한 믿음이 남아 있었으니, 적어도 성 프란치스코만큼은 자신을 전적으로 비난하지는 않을 거란 확신이었다. 그리고 성 프란치스코 이름을 두 번 불러(이 문제에 있어 자신이 실수를 범했을 가능성도 충분히 있기에 감히 더 위대한 이름을 부르지는 못했다) 기도하고는 미소 띤 얼굴로 불길에 몸을 기울여 죽었다.

사고 희생자들을 위한 장례 미사가 있던 날은 맑고 따

뜻했다. 리마 사람들은 경외심으로 까만 눈을 크게 뜬 채 거리에 쏟아져 나왔다. 그들은 대성당으로 몰려가 검은 벨벳과 은붙이로 장식된 제단을 바라보며 섰다. 대주교는 목재로 만든 듯 뻣뻣하고 경이로운 제의로 몸을 감싼 채 땀을 뻘뻘 흘리며 주교좌에 앉아 있었다. 그는 이따금 빅토리아의 대위법이 만들어 내는 아름다운 선율에 전문가처럼 귀를 기울였다. 성가대는 토마스 루이스가 음악과 작별하며 만든, 친구이자 후원자였던 오스트리아의 황후를 위해 작곡한 곡들을 다시 연습해 불렀다. 그 모든 슬픔과 감미로움, 그 모든 이탈리아 스타일로 물든 스페인 사실주의가 여인들이 쓴 미사포 위로 파도처럼 일렁였다. 색색의 휘장과 깃털로 장식된 제복을 입은 돈 안드레스는 병든 몸과 비참한 마음으로 무릎을 꿇었다. 그는 군중들이 그가 외동아들을 잃은 아버지 역할을 해 주기를 기대하며 자신을 몰래 흘끔거리고 있다는 것을 알았다. 그는 페리촐레가 왔는지 궁금했다. 이렇게 오랫동안 담배를 피우지 못한 적이 없었다. 알바라도 선장은 햇볕이 내리쬐는 광장에서 잠시 실내로 들어왔다. 들판처럼 펼쳐진 검은 머리와 레이스 너머로 나란히 늘어선 양초와 향로가 보였다.

"이 얼마나 잘못된 일인가! 이 얼마나 믿을 수 없는 일인가!"

그가 말하며 밖으로 나갔다. 그는 바다로 내려가서 뱃전에 앉아 맑은 물을 들여다보았다. 그리고 이렇게 말했다.

"물에 빠져 죽은 사람은 행복하단다, 에스테반."

칸막이 뒤, 수녀원장은 수녀들 사이에 앉아 있었다. 전날 밤 그녀는 그동안 떠받들어 온 허상을 가슴에서 찢어냈고, 그 경험은 그녀를 창백하지만 단단하게 만들었다. 그녀는 자신의 일이 계승되건 그렇지 않건 그것은 그리 중요하지 않다는 사실을 받아들였다. 일하는 것 자체로 충분했다. 그녀는 회복할 수 없는 환자들을 돌보는 간호사였다. 신자가 한 명도 찾아오지 않는 제단 앞에서 매번 성무일도를 바치는 사제였다. 그녀의 일을 이어받아 확장시켜줄 페피타는 이제 없을 것이다. 그녀의 일은 게으르고 무관심한 동료들 속에서 점차 사그라질 것이다. 하느님에게는, 한동안 페루에서 사심 없는 사랑이 꽃을 피웠다가 저버렸다는 것만으로 충분한 것 같았다. 그녀는 한쪽 손에 이마를 대고, 소프라노가 소리 높여 부르는 〈주여

저희를 불쌍히 여기소서〉의 길고 부드럽게 꺾이는 선율에 귀를 기울였다.

"페피타, 나의 애정에 저런 색깔이 좀 더 있었어야 했는데. 나의 인생 전체에 저런 특성이 좀 더 있어야 했어. 난 너무 바쁘게만 살았구나."

그녀는 그렇게 구슬프게 덧붙이고는 다시 기도 속으로 빠져들었다.

카밀라는 장례 미사에 참석하기 위해 농장을 나섰다. 그녀의 마음은 경악과 놀라움으로 가득했다. 이것은 또 하나의 하늘의 계시였다. 그녀에게 내려진 세 번째 계시였다. 본인의 천연두, 하이메의 병, 그리고 이제 다리의 붕괴. 이것들은 그냥 우연이 아니었다. 그녀는 이마에 주홍 글씨가 새겨진 것처럼 부끄러웠다. 총독궁에서 통보를 보내왔다. 그녀의 두 딸을 스페인의 수녀원 부속 학교에 보낼 거라는 내용이었다. 그렇다. 그녀는 혼자였다. 그녀는 몇 가지 물건을 기계적으로 챙겨서 장례 미사에 참석하기 위해 리마로 출발했다. 그러나 불현듯 군중들이 입을 떡 벌린 채 피오 아저씨와 자기 아들을 바라보는 광경이 떠오르기 시작했다. 성당의 장엄한 의식은 사랑하는 사람들이 떨어지는 심연 같았고, 〈분노의 날〉 찬송가는 수많은 죽은 자들 사이에서 그들의 존재를 지우기 위해 휘몰아 치는 폭풍 같았다. 그곳에서 그들의 이목구비는 희미해졌 고, 특성마저 사라져 갔다.

여정의 절반을 조금 넘게 왔을 때, 그녀는 산 루이스 레 이의 다리 근처, 흙으로 지어진 성당에 조용히 들어가 무 릎을 꿇고 기둥에 기댄 채 잠시 쉬었다. 그녀는 기억을 더 듬으며 소중한 두 사람의 얼굴을 찾았다. 어떤 감정이라 도 생기기를 기다렸다.

"하지만 아무것도 느껴지지 않아." 그녀는 혼잣말로 속 삭였다. "난 인정머리 없는 여자야. 불쌍하고 무의미한 존 재야. 두말할 필요도 없어. 난 내쳐졌어. 난 인정머리 없는 여자야. 그러니까 아무것도 생각하려 하지 않을 테야. 그 냥 여기서 좀 쉬자."

그녀가 말을 그치자마자, 다시 말할 수 없는 끔찍한 고 통이 휩쓸고 지나갔다. 한 번도 피오 아저씨에게 자신의 사랑을 말하지 못했고, 한 번도 고통받는 하이메에게 마 음속 얘기를 해 주지 못했다. 그녀는 거칠게 내뱉었다.

"난 모두를 실망시켰어." 그리고 소리쳤다. "두 사람은 나를 사랑했는데, 나는 실망만 시켰어." 그녀는 농장으로 돌아와서도 꼬박 1년을 절망적인 기분으로 살았다.

그러던 어느 날 훌륭하신 수녀원장도 그 사고에서 사랑하는 사람을 둘이나 잃었다는 소식을 우연히 듣게 되었다. 그 순간 손에서 바느질감이 떨어졌다. 그렇다면 그분은 아시리라. 그분이 설명해 주시리라.

"아니야. 그분이 내게 무슨 말을 해 주겠어! 나 같은 사람이 누군가를 사랑하거나 잃을 수 있다는 것도 믿지 않을걸."

카밀라는 리마로 가 먼발치에서 수녀원장을 보기로 마음먹었다.

"그분의 얼굴이 나를 경멸할 것처럼 보이지 않으면, 말을 걸어 봐야지." 그녀가 혼잣말을 했다.

수녀원 성당 주변에 숨어서 지켜 보던 카밀라는 나이가 지긋한 수녀원장의 수수한 얼굴에 마음이 절로 겸허해지며 반하고 말았다. 물론 조금은 두려웠지만. 카밀라는 마침내 수녀원장을 찾아갔다.

"수녀원장님, 저는, 저는…."

"혹시 우리가 전에 만난 적이 있었을까요?"

"저는 배우였습니다. 페리촐레였어요."

"아, 그렇군요. 오랫동안 당신을 만나 보고 싶었지만, 사람들이 말하길 당신이 모습을 드러내기를 꺼린다더군요. 당신도 그 다리 붕괴에서⋯."

카밀라는 일어나다가 휘청하며 다시 주저앉았다. 맙소사, 또다시 발작적인 고통이 찾아왔다! 그녀가 결코 닿을 수 없는 죽은 자들의 손길이 느껴졌다. 그녀의 입술이 하얘졌다. 그녀가 수녀원장의 무릎에 머리를 비비며 말했다.

"수녀원장님, 제가 어찌해야 할까요? 저는 혼자입니다. 이 세상에 아무도 없어요. 저는 그 두 사람을 사랑했습니다. 제가 어찌해야 할까요?"

수녀원장은 그녀를 자세히 들여다보았다.

"이곳은 너무 덥군요. 정원으로 나갑시다. 거기서 좀 쉬세요."

그녀는 회랑에 있는 한 소녀에게 물을 가져오라는 신호를 보냈다. 그러고는 거의 자동적으로 말을 이었다.

"오랫동안 당신과 알고 지내고 싶었어요, 세뇨라. 그 사건이 있기 전에도 무척 알고 지내고 싶었죠. 다들 당신이 교훈극에서 대단한 열연을 펼친 아름다운 배우라고 하더군요. 〈벨사살 왕의 연회〉에서 말이에요."

"오, 수녀원장님. 그렇게 말씀하지 마세요. 저는 죄인입니다. 그렇게 말씀하지 마셔요."

"여기 이걸 마시세요. 정원이 참 아름답죠. 그렇게 생각하지 않나요? 이곳에 자주 오면 언젠가 수석 정원사인 후아나 수녀를 만나게 될 겁니다. 후아나 수녀는 종교에 귀의하기 전엔 높은 산속의 광산에서 일했기 때문에 정원을 본 적이 거의 없었답니다. 그런데 이제 모든 것이 수녀님의 손끝에서 자라지요. 우리가 그 사건을 겪고 벌써 1년이 지났네요, 세뇨라. 나는 우리 고아원 출신 아이들 두 명을 잃었지만, 당신은 친자식을 잃었다죠?"

"그렇습니다, 수녀원장님."

"그리고 정말 좋은 친구도요?"

"그렇습니다, 수녀원장님."

"내게 말해 보세요…."

그리고 그 순간, 소녀 시절부터 집요하게 카밀라를 괴롭혀온 외로운 절망의 파도가 후아나 수녀의 분수와 장미꽃들 사이에서, 그리고 나이 지긋한 수녀원장의 흙 묻은 다정한 무릎 위에서 쉴 곳을 찾았다.

이처럼 만일 다리가 무너지지 않았다면 벌어지지 않았을 상황들은 여러 권의 책으로도 다 담지 못할 만큼 차고 넘친다. 그런 수많은 상황 중에 하나만 더 골라서 얘기해 보겠다.

"아부이레 백작 부인께서 뵙기를 청합니다." 한 평수녀가 수녀원장실 앞에서 말했다.

"음, 그분이 누구신데요?" 수녀원장이 펜을 내려놓으며 말했다.

"스페인에서 방금 오셨다는데, 저도 잘 모르겠습니다."

"아, 후원금 때문에 오셨나 보네요, 이네즈, 맹인의 집을 위한 후원금 말이에요. 어서 들어오시라고 해요."

키가 크고 다소 피곤해 보이는 미인이 들어왔다. 평소에는 대체로 세련되게 행동하는 도냐 클라라가 이번만큼은 긴장한 듯 어색해 보였다.

"바쁘신가요. 친애하는 수녀원장님? 잠시 이야기를 나눌 수 있을까요?"

"아뇨, 한가합니다. 미안하지만 나이를 먹으니 기억력이 통 신통치가 않네요. 혹시 우리가 전에 만난 적이 있나요?"

"제 모친이 몬테마요르 후작 부인입니다…."

도냐 클라라는 수녀원장이 어머니를 별로 존경하지 않을 거라고 지레짐작했고, 그래서 그 늙은 여인이 무슨 말을 꺼내기 전에 선수를 쳐서 꽤 오랫동안 열심히 도냐 마리아를 변호하기 시작했다. 그녀가 자책의 말을 쏟아 내는 동안 피곤한 기색이 사라졌다. 마침내 수녀원장은 그녀에게 페피타와 에스테반에 대해, 그리고 카밀라의 방문에 대해 이야기했다.

"우리는 모두 실패했어요. 그리고 그로 인해 한 사람은 벌을 받으려 하고, 한 사람은 온갖 속죄를 하려 하는군요. 그런데 그거 아시나요? 사랑 안에서는, 평소에는 감히 이런 말을 입에 잘 담지 않습니다만, 사랑 안에서는 우리의 실수조차 오래가지 않는 것 같더군요."

백작 부인은 수녀원장에게 도냐 마리아의 마지막 편지를 보여 주었다. 마리아 수녀원장은 그런 말들(그때부터 세상 전체가 기꺼이 읊조려 온 말들)이 페피타가 모시던 부인의 마음에서 비롯되었다는 사실이 얼마나 놀라운지 감히 말로 표현할 수 없었다. 그녀는 다짐했다. "이제는 나도 알아야 해. 세상 어디서나 은총을 기대할 수 있다는 것을 말이야." 그리고 그녀는 자신이 삶의 목표로 삼았던 특성들이 어디에나 있고, 세상은 이미 그것을 받아들일 준비가 되어 있다는 사실에, 그것을 말해 주는 새로운 증거에, 마치 소녀처럼 행복감으로 가슴이 벅차올랐다.

"부탁이 하나 있는데, 혹시 제가 하는 일을 좀 봐 주시겠어요?"

해가 졌지만, 수녀원장은 등불을 들고 복도를 따라 길을 안내했다. 도냐 클라라는 노인과 젊은이와 환자와 맹인을 보았지만, 무엇보다 지금 자신을 이끌고 있는 좀 피곤해 보이지만 여전히 생기 있는 늙은 여인을 보았다. 수녀원장은 복도에 멈춰 서서 불쑥 말했다.

"농아들을 위해 할 수 있는 일이 있지 않을까 하는 생각을 자꾸 하게 됩니다. 어떤 인내심 있는 사람이…, 그런 사람이 농아들을 위한 언어를 고안할 수 있을 것도 같은데…. 아시다시피 페루에는 수백, 수천 명씩 있답니다. 혹시 스페인에서 누군가 그런 사람들을 위한 좋은 방법을 찾았다는 소리를 들으신 적 있나요? 음, 언젠가는 그런 사람이 나오겠지요."

그리고 조금 있다가 또 말했다.

"사실 저는 정신질환자들을 위해 할 수 있는 일이 있지 않을까 하는 생각도 계속한답니다. 아시다시피 저는 늙었고 이런 문제를 얘기하는 곳에 갈 수 없어요. 하지만 가끔 그런 사람들을 보면, 제 생각에는… 스페인에서는 그런 사람들에게 관대하다죠? 제 생각에는 거기에는 비밀이 하나 있는 것 같아요. 아주 가까이에 있지만 우리에게 감춰진 비밀이. 언젠가 스페인으로 돌아가셔서 우리에게 도움이 될 만한 무슨 소식이든 듣게 된다면, 저에게 편지를 써 주시겠어요? 너무 바쁘지 않으시면 말이에요."

마지막으로 도냐 클라라가 부엌까지 둘러보았을 때 수녀원장이 말했다.

"이제 잠시 실례할게요. 병이 중한 사람들에게 가서 그들이 잠을 이루지 못할 때 생각할 몇 마디 말을 해 줘야 하거든요. 함께 가자고 청하지는 않겠습니다. 그런… 그런 소리와 광경에 익숙하지 않으실 테니까요. 게다가 저는 그 사람들에게 말할 때 아이들을 대하듯 하거든요."

그녀가 적당히 서글픈 미소를 지으며 도냐 클라라를 올려다보았다. 그런 뒤 잠시 사라졌다가 그녀의 일을 도와주는 사람과 함께 돌아왔다. 마찬가지로 다리 사고와 관련이 있는 전직 여배우였다. 수녀원장이 말했다.

"이분은 시내 맞은편에 볼일이 있어 곧 떠날 겁니다. 그리고 여기서 이야기가 끝나면 저는 두 분을 두고 가 봐야 할 것 같아요. 밀가루 중개상이 더는 기다려주지 않을 테고, 흥정도 오래 걸릴 것 같아서요."

그러나 수녀원장이 등불을 바닥에 놓고 환자들에게 이야기하는 동안 도냐 클라라는 문 앞에 서 있었다. 마리아 수녀원장은 기둥에 등을 기대고 있었고, 환자들은 나란히 누워서 숨을 죽이고 천장을 보고 있었다. 그날 밤, 그녀는 암흑 속에 홀로 남겨진 이들에 대해 이야기했다(그녀는 혼자 남은 에스테반을 생각했고, 혼자 남은 페피타를 생각했다). 기댈 곳 하나 없는 사람들, 세상이 너무 버거워 의미조차 희미한 이들. 그러자 침상에 누운 환자들은 자신들이 수녀원장이 지어준 벽 안에 있음을 느꼈다. 벽 안의 모든 건 빛과 따스함이요, 그 바깥은 설령 고통이나 죽음을 면하게 해 준대도 맞바꾸지 않을 캄캄한 암흑이었다. 그러나 그녀는 말을 하면서도, 마음 한쪽에서는 다른 생각들이 스치고 있었다.

지금 이 순간에도 나 말고 에스테반과 페피타를 기억하는 사람은 없다. 오직 카밀라만이 그녀의 아들과 피오 아저씨를 기억하고, 오직 이 여인만이 자신의 어머니를 기억한다. 그러나 우리는 곧 죽을 것이고, 그 다섯 명에 대한 모든 기억도 지상에서 완전히 사라질 것이다. 우리 자신도 한동안 사랑받다가 잊힐 것이다. 그러나 그 정도 사랑이면 충분하다. 모든 사랑의 충동은 그것을 만들어 낸 사랑으로 돌아간다. 사랑을 위해서는 기억조차 필요하지 않다. 산 자들의 땅과 죽은 자들의 땅이 있고, 그 둘을 잇는 다리가 바로 사랑이다. 오직 사랑만이 남는다. 오직 사랑만이 의미를 지닌다.

샘 속에 숨겨진 샘

신형철(문학평론가)

이 전설적인 소설은 너무 많은 화려한 정보들에 둘러
싸여 있다. 이를 여기 다시 소개할 필요는 없을 것이다. 아
니, 나는 그것들을 이 책 주변에서 다 걷어내 버리고 싶다.
그 세속적 화려함은 이 작품의 성스러운 소박함과 어울리
지 않는다. 미국인 청년 손턴 와일더는 제임스 조이스와
버지니아 울프가 활약하던 저 유명한 모더니즘 시대의 한
복판에서 17세기 프랑스 고전주의 문학을 탐독하며 이 소
설을 썼다. 이 바람직한 시대착오 덕분에 이 소설은 도무
지 어느 시대, 어느 나라에서 쓰인 것인지 짐작하기 어려
운, 화학적인 의미에서의 '순수문학' 같은 것이 되었다.

이 소설의 '나'(19쪽)는 옛날식 우화의 서술자를 닮았다. 작품 안으로 진입해 놓고는 그런 적 없다는 듯 거리를 취하고, 더 복잡해질 이유가 뭐냐는 듯 담백한 서술로 일관한다. 그런 스타일이 현대 독자의 미학적 기대에 미달한다 싶을 때쯤, 유사 이래 인간 내면은 조금도 변한 적이 없음을 순간적으로 믿게 만드는, 보편적 고통의 표정을 정확히 재현하는 문장으로 읽는 이를 흔들고, 서술자는 겸손하게 이야기 뒤로 다시 숨는다. 이 소설을 성경에 비교하는 말들이 판매량이나 영향력을 겨냥한 레토릭이 아니라 저 비범한 소박함에 대한 것이라면 나는 동의할 수 있다.

이런 스타일에 어울리는 질문이 이 소설에 있다. 와일더는 그것을 소설의 1장과 5장의 제목으로 나눠 걸었다. '우연인가, 의도인가?' 세상의 비극들은 허망한 우연의 산물인가, 초월자의 의도가 실현된 결과인가. 이 질문을 구약의 욥이 물었고, 1755년 리스본 대지진 소식을 들은 여섯 살 괴테도 물었으며, 세월호 참사와 가자지구 폭격으로 죽어 가는 아이들을 보며 우리도 물었다. 일단은 신의 본질과 사역의 의미를 다루는 초연한 질문처럼 보인다.

그런데 묻다 보면 신의 전능함과 지선함을 의심하는, 공격적인, 어쩐지 울면서 던질 수밖에 없는 질문이 되어 버린다.

"1714년 7월 20일 금요일 정오, 페루에서 가장 멋진 다리가 무너지며 다섯 명의 여행자가 그 아래의 골짜기로 추락했다."(11쪽) 우리는 결론으로 곧장 가자. 그래서 주니퍼 수사가 이 사건을 조사하여 쓴 책엔 무슨 말이 담겼나? 모든 건 신의 의도일 뿐이라는 그의 신앙은 그가 원한 바대로 과학적으로 입증됐나? 서술자는 "주니퍼 수사가 이끌어 낸 귀납적 결론들을 굳이 자세히 소개하지는 않겠다"(193쪽)라고 시치미를 떼면서도 그의 온건한 결론을 알려 준다. 사망자 중엔 악한 사람과 선한 사람이 모두 있었는데, 악한 사람에겐 "파멸"이 닥친 것이고 선한 사람은 천국으로부터 일찍 "부름"을 받은 것이니, 신의 의도는 있었을 뿐만 아니라 정당하다는 것.

그러면서 덧붙이기를 잊지 않았다. "그러나 주니퍼 수사는 자신의 추론에 만족할 수 없었다."(193쪽) 수사가 "하느님이 당신의 지혜를 입증하기 위해 왜 하필 그날, 그 사람을 선택했는지를 서술하는 위엄 있는 구절"(18쪽)로

책을 끝냈음에도 이단 심판과 화형 선고를 피하지 못한 건 신의 의도를 감히 '과학적으로' 입증하려 했기 때문만이 아니었을 것이다. 그가 제 '불만족'을 억제하지 못했기 때문이고, 행간에 스며든 희미한 불온함이 발각됐기 때문일 것이다. 그러나 수사는 끝내 쓰지 못했다. "적어도 자신의 의도가 신앙을 위한 것이었음을"(194쪽) 의심받지 않으면서도 더 보탤 수 있는 말이 무엇인지를 알지 못했다.

그러나 그렇게 부지런히 노력했음에도 불구하고, 주니퍼 수사는 도냐 마리아가 살면서 가장 간절하게 몰두한 것이 무엇인지 결코 알지 못했다. 피오 아저씨에 대해서도, 에스테반에 대해서도 마찬가지였다. 그리고 그보다 훨씬 더 많이 안다고 주장하는 나조차도 샘 속에 숨겨진 더 깊은 샘을 놓쳤을 수 있다.(18-19쪽)

이 소설이 숨겨둔 '샘 속의 샘'에 대해선, 출간 당시 이 소설을 읽자마자 편지를 쓴 한 학생처럼, 우리도 저자에게 물어 봐야 할까? "문학의 임무는 질문에 답하는 것이 아니라 질문을 제대로 하는 것입니다."(존 타운리에게 보낸

1928년 3월 6일자 편지) 와일더는 현명하게도 체호프의 말만 인용하고 말았다. 그렇다면 이 저자가 '질문을 제대로 했는지'를 따져 볼 필요가 있을 것이다. 게다가 그는 "답이 주어지지 않는 질문들 위로 흐릿한 안도감이 떠돌 수 있기를 기대하고 쓴 것"(같은 곳)이라는 말도 덧붙였으니, 어떻게 하면 단지 질문을 제대로 하는 것만으로 흐릿하게나마 "안도감"이 발생할 수 있는 것인지 묻지 않을 수 없다.

먼저 이 '샘'의 구조를 보기로 하자. 1장에서 질문이 던져지고, 2~4장에서 데이터가 검토되고, 5장에선 답이 제시된다. 와일더는 주니퍼 수사를 내세워 질문을 제기하지만, 독자와 함께 데이터를 검토한 후에는 (제 답에 만족하지 못하는 수사를 보여 주면서) 그의 답에 아이러니한 거리를 둔다. 2~4장을 제대로 읽은 독자라면, 그래서 그 인물들에게 공통점이 있음을 알아차린 독자라면 그럴 수밖에 없다는 듯이 말이다. 그들은 오랜 시행착오 끝에, 다시 혹은 이제야, 달리 살아 보기로 결심하던 무렵에 죽었다는 것. (지옥으로의) '파멸'? (천국으로의) '부름'? 어느 쪽도 동의하기 어렵다. 이 정도로 파멸이란 말인가? 하필 이때 부른단 말인가?

이 소설의 본론 격에 해당하는 2~4장은 수사의 답만이 아니라 애초에 질문부터가 잘못된 것일지도 모른다고 생각하게 만든다. 수사의 질문에선 '신'이 주어다. 신이 개입한 일인가, 이 개입엔 어떤 의도가 있는가, 그 의도는 선한가 그렇지 않은가. 그렇게 묻는 한 신은 종잡을 수 없거나 동의하기 어려운 선택을 하는 존재가 되기 십상이고, 어느 쪽을 택해도 지상의 삶은 정당화되기 어렵다. 와일더는 이 문제를 해결할 능력이 없고 그건 우리도 마찬가지다. 그래서 와일더는 질문 자체를 바꾼다. 더 정확하게는, 질문의 주어를 바꾼다. '신은 왜?'가 아니라 '인간은 왜?'로.

　'신은 왜?'라는 질문은 죽음에 대해서(만) 생각하게 한다. 왜 하필 그때 죽었을까? 그런데 우연이건 의도건, 중요한 건 인간이 죽음을 어쩌지 못한다는 사실이다. 죽음의 적절함과 정당함을 따지는 건 과학적으로도 무의미하고 신학적으로도 불경한 것이다. (그러니 주니퍼 수사는 이중으로 틀렸다.) 이때 질문을 '인간은 왜?'로 바꾼다는 건 삶에 대해서(만) 생각한다는 것이다. '(신은) 왜 살려고 결심한 직후에 죽였을까?'가 아니라 '(인간은) 왜 죽기 직전에야 살기 시작할 수 있었을까?'를 묻는 일이다. 언제 죽을지 모르는데,

왜 그렇게밖에 못 살았던가. 그래서 세 개의 약전(略傳)이 필요했다. 답이 거기 있기 때문이고, 삶에 대한 답은 언제나 길다.

첫 번째 이야기. 도냐 마리아 후작 부인이 딸을 '많이' 사랑했지만 '잘' 사랑하는 법을 몰랐다는 건 분명하다. 세상엔 '사랑해'라는 말을 '사랑해 줘'라는 뜻으로 하는 사람들이 있다. 후작 부인은 자기를 충분히 사랑할 수 없었기 때문에 딸의 사랑을 갈구했는데, 이 역전된 요구를 감당할 자식은 세상에 없다. 그 엄마를 나무라기도 어렵다. 자신의 말마따나 그녀 역시 그렇게 길러졌기 때문이고 당대 여성의 삶은 초개인적인 한계 안에 갇혀 있었기 때문이다. 다행히 그녀는 신이 그렇듯 딸도 자신이 '소유할 수는 없다'는 성숙한 "체념"(63쪽)을 배우고, 딸보다 더 어린 소녀에게서는 진정한 사랑의 출발인 "용기"(73쪽)도 배운다. 그러나 너무 늦었다.

두 번째 이야기. 마누엘과 에스테반이 서로 '많이' 사랑했지만 '잘' 사랑하는 법을 몰랐다는 것 역시 분명하다. 부모의 빈 자리에 상대방이 있었으니(없는 것보단 낫다는 점에서) 다행이기도 하고(누구도 상대방에게 부모일 순 없다는 점에서) 둘의 관계는 위험하기도 하다. 그럴 때 둘 중 하나가 제3자와 사랑에 빠지면 어떻게 대처해야 할지를 그들은 몰랐다. 그 결과는 아이러니한 비극이다. 마누엘이 제 사랑을 "희생"(95쪽)했는데 에스테반은 마누엘을 얻기는 커녕 영원히 "상실"(119쪽)한다. 죽어가던 에스테반에게 다행스럽게도 한 손이 내밀어지자, 에스테반 자신도 스스로 타인의 상실을 위로하겠다고 마음먹게 되기에 이른다. 그러나 너무 늦었다.

세 번째 이야기. 피오 아저씨가 카밀라 페리촐레를 '많이' 사랑했지만 '잘' 사랑하는 법을 몰랐다는 것 또한 분명하다. 피오가 페리촐레에게 "피그말리온"(139쪽)이라는 건 거꾸로 말하면 페리촐리가 피오에게 부인도 딸도 될 수 없다는 뜻이다. 피오의 사랑은 "애욕"(140쪽)을 부정하면서(부정당하면서) 비틀리는데 그 경우엔 대개 가학적인 속성을 갖게 된다. 상대가 느끼는 고통으로 자신의 영향력을 실감하고, 그 고통을 인내하는 모습을 보며 충성을 측정하는 식이다. 예술을 위해 그런 "사랑의 고통"(158쪽)이 필요하다는 명분도 그를 오래 미혹해 왔다. 그러다 마침내 미망에서 벗어난 그는 개심한 피그말리온이 되어 두 번째 삶을 꿈꾼다. 그러나 너무 늦었다.

이들은 부모와 자식, 부모가 없어서 결착된 형제, 부녀와 부부의 경계에 놓인 사제(師弟)다. 그리고 이 사랑의 실패는 닮았다. 이런 시행착오는 1714년에도 1927년에도 2025년에도 있다. 인간의 사랑은 왜 이런 식인가. 핵심은 용기다. "때로는 용기를 내어 진부한 말이라도 해야 하는 순간이 있다."(122쪽) 아니, 그때만큼 더 용기가 필요한 때가 없다. 자신의 감정에 진실해질, 그래서 타인에게 정확해질 용기. 사랑한다고 말할 용기이거나, 반대로 사랑한다는 말로 도망치지 않을 용기. 이런 용기는 적금처럼 만기가 돌아오면 찾아 쓰는 게 아니다. 오늘 당장 용기를 내지 않으면, 내일은 꼭 진실해지자고 다짐하는 평범한 어떤 오늘, 우린 죽는다.

결국 어떻게 살아야(사랑해야) 하는가의 문제인데, 떠난 사람은 그렇다 치고, 남은 사람은 그 문제를 마저 풀어야 한다. 이 책의 마지막 챕터가 주피터 수사의 최종 결론보다 살아남은 자들의 결론을 더 크게(마지막에) 다루는 건 그 때문이다. 남은 자들 역시 용기가 없었던 건 마찬가지다. 나도 솔직하지 못했다고, 그래서 너를 더 정확히 사

랑하지 못했다고 이제야말로 말할 수 있을 것 같은데, 이
젠 용기가 없는 게 아니라 용기를 낼 대상이 없어졌다. 그
렇다면 다른 사람을(사람이라도) 사랑할 수밖에 없다. 이
런 답이 이 소설의 마지막 단락에 있다. 아래 서술에는 아
이러니한 거리감이 없다. 이것이 와일더 자신의 마지막
말이다.

> 우리는 곧 죽을 것이고, 그 다섯 명에 대한 모든 기억
> 도 지상에서 완전히 사라질 것이다. 우리 자신도 한
> 동안 사랑받다가 잊힐 것이다. 그러나 그 정도 사랑
> 이면 충분하다. 모든 사랑의 충동은 그것을 만들어
> 낸 사랑으로 돌아간다. 사랑을 위해서는 기억조차 필
> 요하지 않다. 산 자들의 땅과 죽은 자들의 땅이 있고,
> 그 둘을 잇는 다리가 바로 사랑이다. 오직 사랑만이
> 남는다. 오직 사랑만이 의미를 지닌다.(207쪽)

먼저 간 다섯 명에게 주었어야 할 사랑을 뒤늦게 다른
이에게 준다는 생각조차 필요 없다. 그들이 죽었듯이 남
은 우리도 죽는다. '나는 너를 사랑한다'라는 문장에서 중

요한 건 주어나 목적어가 아니라 '사랑한다'라는 동사다. 주어와 목적어는 몹시 중요하다고 반박하고 싶어질 때 그 다음 문장이 우리를 품는다. "모든 사랑의 충동은 그것을 만들어 낸 사랑으로 돌아간다." 신의 사랑이라는 대양에서 인간의 사랑은 서로 섞인다. 더 크게 섞이기 위한 다리는 많을수록 좋을 것이다. 우리에게 신이 필요한 때는 다리가 끊어지는 때가 아니라 그럴 줄 알면서도 그것을 놓는 때다. "오직 사랑만이 남는다. 오직 사랑만이 의미를 지닌다."

이것이 세상에 널려 있는 흔한 사랑 예찬론이라고 생각하는 사람에게 이 소설은 아무것도 주지 못할 것이다. 그러나 어떤 똑똑한 사람들이 '없어서 허망한 신'과 '있는데 엉망인 신' 사이에서 헤맬 때, 어떤 지혜로운 사람들은 "헛되고 헛되며 헛되고 헛되니 모든 것이 헛되도다"(전도서 1:2)라는 구절이 삶의 무의미가 아니라 유한함에 대한 것임을 새길 줄 알고(송민원, 『지혜란 무엇인가』, 감은사, 2021), 그래서 '우연인가 의도인가?'라는 질문을 이번엔 인간을 향해 다시 물을 줄 안다. '당신이 그렇게밖에 못 살고 있는 건 우연인가, 아니면 당신은 아마도 부정할 당신

의 의도인가.'

어떤 소설은 다시 찾아오지 않을 일생일대의 행운처럼
써지기도 할 것이다. 나는 서른을 갓 넘긴 청년이, 자신이
쓰려 하는 게 무엇인지 잘 알지만 그걸 쓸 능력이 있는지
알지 못해 번민하다가, 혹은 신을 향한 질문이 인간을 향
하도록 방향을 틀기 위해 지상의 모든 삶이 얹힌 지렛대
를 붙들고는 힘에 부쳐 신에게 도움을 청하다가, 그러던
어느 날, 이 소설의 인물들이 제 삶의 가장 결정적인 지점
을 통과하며 느끼는 사랑의 고통과 지복을 마침내 문장으
로 적는 데 성공하는 어떤 밤들을 상상한다. 내가 믿지도
않는 그 신이 이 책의 가장 아름다운 페이지에 개입했을
지도 모른다고, 그리고 그건 우연이 아니라 의도였을 거
라고 말이다.

옮긴이의 말

　『산 루이스 레이의 다리』는 퓰리처상을 세 번이나 수상한 소설가이자 극작가인 손턴 와일더의 작품이다. 그에게 첫 번째 수상을 안겨준 작품이 바로『산 루이스 레이의 다리』이고, 나머지 두 작품은 희곡인『우리 읍내』와『위기일발』이다. 소설의 주요 배경 중 하나가 연극 무대이고, 지면의 상당 부분이 주요 인물들의 연극에 대한 열정을 그려 내는 데 할애되었다는 점에서, 이런 저자의 이력이 이 책에 자연스럽게 녹아들어 있는 듯하다.

　이 책을 번역하며 인상적이었던 점은 이야기를 풀어 나가는 방식에서 엿보이는 예상을 빗나가는 의외성이었다. 소설의 도입부에서 가톨릭 수사 주니퍼는 산 루이스 레이의 다리가 끊어지며 비극적인 죽음을 맞이한 다섯 명의 희생자를 목격하고 이런 질문을 던진다. "왜 하필 저 다섯 사람에게 이런 일이 일어난 걸까?" 그 질문은 단숨에 우리의 관심을 사로잡으며, 그 질문의 해답을 찾는 것, 즉 정말로 불의의 사고와 희생자들의 특성 사이에 어떤 패턴, 어떤 연관성이 있는지를 밝혀내는 것이 이 책의 주제라고 생각하게 만든다. 그러나 좀 더 읽어 나가다 보면 그 질문은 그다지 중요하게 다뤄지지 않으며 흐지부지된다는 느낌을 받게 된다. 오히려 이 소설의 초점은 등장인물의 인생 하나하나에 맞춰져 있다. 그저 인간이라는 종의 삶을 가치 있는 삶과 그렇지 못한 삶으로 투박하게 분류하고 단정하는 것이 아니라, 다양한 사연과 강점과 약점, 복잡하고 흥미로운 내면을 가진 개인들의 삶 하나하나를 구체적으로 들여다보는 것이다.

그러면서 인생의 가장 큰 의미는 결국 누군가를 사랑하고 누군가의 사랑을 받는 것이라는 메시지를 남긴다. 몬테마요르 후작 부인은 딸을 향한 집착적이고 맹목적인 사랑에 매달려 오직 딸에게 사랑과 존경을 이끌어 내려는

옮긴이의 말 221

일념으로 살아가고, 그 결과로 의도치 않게 후대에 서간
문학의 대가로 기억된다. 그녀가 말벗으로 들인 고아 소
녀 페피타는 자신을 키워준 마리아 델 필라르 수녀원장
에게 무한한 동경과 애정을 품고 무조건 순종하며 살아간
다. 갓난아이 때 수녀원 앞에 버려졌던 청년 에스테반은
쌍둥이 형제 마누엘과의 절대적인 일체감과 동질감을 갖
고 살아가다가 그를 잃고서 삶의 의미 또한 잃고 방황한
다. 스페인 희곡과 미인에 대한 동경과 열정을 품고 살아
가던 피오 아저씨는 자신이 발굴한 천재 소녀 페리촐레를
훌륭한 배우로 성장시키고 그녀의 곁에 머무는 것에 집착
하며 살아간다.

그들은 저마다 사랑을 갈구하며 몸부림치다가 예기
치 못한 비극적인 죽음을 맞이하게 된다. 어쩌면 인생의
역설일까? 이 주인공들은 살면서 그토록 갈망했던 사랑
을 죽음으로써 얻게 된다. 심지어 희생자들의 삶에서 어
떤 패턴을 밝혀내려 했던 주니퍼 수사 자신도 마찬가지였
다. 그는 나중에 이단으로 몰려 화형을 선고받은 뒤, 자신
의 삶에서도 그런 비극적 운명으로 귀결되는 패턴이 있는
지 찾으려 했다. 그런 주니퍼 수사가 인생의 마지막 순간

갈망한 것은 이 세상에 단 한 사람이라도 자신을 진심으로 믿어주는 것이었다. 결국 그가 얻게 된 것은 신학적이거나 과학적인 질문에 대한 답이 아니라 자신이 개종시킨 신도들의 믿음과 사랑이었다. 어찌 보면 한 치 앞도 모르고 바둥대며 살다가 준비 없이 죽음을 맞이하고, 잠시 기억되다가 영영 잊히는 삶이 허무하게 느껴질 수 있다. 그러나 이 소설은 한동안 누군가를 사랑하고 누군가의 사랑을 받았다는 것, 그것으로 충분히 살 가치가 있다고 말한다.

이 소설을 번역하면서 나는 어쩔 수 없이 세월호 참사와 이태원 참사를 비롯한 수많은 사고들, 특히 이 책 번역이 한창이었던 2024년 연말에 우리 모두를 충격에 빠뜨린 제주항공 참사의 희생자들을 떠올렸다. 바로 전 비행기나 바로 다음 비행기가 아닌 바로 그 비행기를 타고 있었기에 운명을 달리하게 된 사람들. 요약된 기사만 보았을 때는 그냥 하나의 사건으로 다가오지만, 그들의 삶을 하나하나 들여다보면, 그들 또한 저마다의 복잡한 사연과 성격과 흥미로운 면면을 가진 고유한 개인들일 것이다. 이들도 누군가를 사랑하고 누군가의 사랑을 받고, 때로는 그런 사랑을 갈구하고 그런 사랑 때문에 괴로워하며 살아 갔을 것이다. 그리고 그들의 사후에 그들을 아는 사람들의 더없는 슬픔과 사랑 속에, 그들을 모르는 사람들의 안타까움과 애도 속에, 한동안 기억될 것이다. 그리고 그렇기에 그들의 삶은 의미 있을 것이다. 이 자리에서 이분들의 명복을 빌고 싶다.

이 책을 번역하면서 또 한 가지 인상적이었던 점은 시대를 한참 앞서 가는 페미니즘적인 관점이었다. 결혼이 유일한 여성의 행복으로 여겨졌던 시대에 최대한 오랫동안 시대적 규범과 싸우며 독신으로 살려 했던(결국은 그 뜻을 꺾어야 했지만) 마리아 몬테마요르 후작 부인. 여자들 앞에 닥친 모든 불행이 순전히 부양해 줄 남자를 붙잡을 만큼 매력적이지 못한 데서 기인한다는 관념과 세상의 모든 불행은 남자의 손길이 닿아야 해결된다는 관념에 사로잡혀 있던 세상에서 여성이 여성을 보호하기 위해 조직화되는, 당시로서는 허무맹랑해 보이는 세상을 꿈꾼 수녀원장. 그리고 미국에서 여성의 참정권이 공식적으로 도입되기도 전인 19세기 말에 출생한 남성임에도 그런 인물들을 상상하고 그려낸 이 책의 저자 손턴 와일더. 이런 관점들이 당시로서는 꽤 파격적인 것이었으리라. 이처럼 시대를 앞선 사람들이 있었기에, 허무맹랑해 보이는 것을 꿈꾸며 "달에 닿을 만큼 높은 산을 쌓기 위해 밀알을 하나씩 옮긴" 사람들이 있었기에, 세상이 조금씩 진보해 온 것이라 믿는다.

어떤 책이 처음 국내에 소개될 때 번역자가 최초의 독자인 경우가 많다. 그러나 이 책은 앞서 여러 차례 번역된 적이 있고, 그런 만큼 나는 최초의 독자가 아니다. 이미 몇 명의 번역가와 수많은 독자들이 읽었을 테니, 최초는커녕 늦어도 한참 늦은 독자인 셈이다. 그것은 틀림없이 이 소설이 그만큼 가치 있는 작품이라는 방증일 것이다. 그런 좋은 책을 정독(번역이야말로 최고의 정독이므로)할 기회를 주신 클레이하우스 출판사와 특히 부족한 번역 원고를 읽기 좋게 다듬느라 고생하셨을 편집자님께 감사드리고 싶다. 또 지금처럼 참고할 자료가 많지 않은 상황에서 먼저 이 책을 훌륭하게 번역해 주신 선배 번역가들의 작업이 내게 큰 참고가 되었다. 특히 『운명의 다리』라는 제목으로 1959년 번역 출간된 판본을 읽노라면(다행히도 국립중앙도서관에서 디지털 버전을 열람할 수 있다), 세로쓰기 국한

문 혼용체의 고색창연한 문장들이 18세기를 시대적 배경으로 한, 1920년대에 쓰인 소설의 한가운데로 자연스럽게 데려다 주는 부가적 효과를 느낄 수 있었다. 이 자리에서 그분들께 감사하는 마음을 전하고 싶다. 그리고 책 내용 중에 등장하는 짧지만 난해한 스페인어 희곡 번역 부분을 번역할 때 큰 도움을 주신, 칠레에 계신 하상욱 변호사님께도 깊이 감사드린다.

2025년 4월 정해영

옮긴이 정해영

성균관대학교 불어불문학과와 이화여자대학교 통번역대학원을 졸업하고, 현재 전문번역가로 활동하고 있다. 역서로는 『하버드 문학 강의』, 『이 폐허를 응시하라』, 『회계는 어떻게 역사를 지배해왔는가』, 『번역의 일』, 『페미니스트 99』 등의 인문교양서, 『리버보이』, 『더 미러』, 『빌리 엘리어트』, 『이름 없는 여자의 여덟 가지 인생』, 『우주를 듣는 소년』 등의 소설이 있다. 그 밖에도 고전 소설 『필경사 바틀비』, 『이상한 나라의 앨리스』, 앤솔로지 『데카메론』, 『곰과 함께』, 에세이 『길 위에서 하버드까지』, 『떠나는 것은 어려운 일이 아니다』 등을 번역했다.

해제 신형철

문학평론가. 2005년 계간《문학동네》에 글을 발표하면서 비평 활동을 시작했다. 『몰락의 에티카』, 『느낌의 공동체』, 『슬픔을 공부하는 슬픔』, 『인생의 역사』를 출간했다. 2014년 봄부터 2022년 여름까지 조선대학교 문예창작학과에 재직했고, 2022년 가을부터 서울대학교 영어영문학과(비교문학 협동과정)에 재직 중이다. 관심사는 예술의 윤리적 역량, 윤리의 비평적 역량, 비평의 예술적 역량이다.

산 루이스 레이의 다리
The Bridge of San Luis Rey

초판 1쇄 발행 2025년 5월 2일
초판 2쇄 발행 2025년 5월 7일

지은이 손턴 와일더
옮긴이 정해영
해제 신형철

편집팀장 조은혜 **책임편집** 이샤론
디자인 *studio* weme
마케팅 한민지, 신동익
제작 ㈜공간코퍼레이션

펴낸이 윤성훈 **펴낸곳** 클레이하우스㈜
출판등록 2021년 2월 2일 제2021-000015호
주소 경기도 파주시 회동길 363-21, 2층
전화 070-4285-4925 **팩스** 070-7966-4925 **이메일** clayhouse@clayhouse.kr

ISBN 979-11-93235-51-5 (03840)

클레이하우스㈜가 더 나은 책을 펴낼 수 있도록 의견을 남겨주시거나 오타를 신고해주세요.
QR코드에 접속해 독자 설문에 참여해주신 분께 추첨을 통해 선물을 드리겠습니다.